elbarcodevapor.com

Dirección editorial: Diana Bernard González
Editora: Talía Lierca Rivera González
Corrección de estilo: Niévelyn Santos Santana
Dirección de arte: Jadyrah Vega Serrano
Diseño gráfico: Nicole Rodríguez Nigaglioni

Barrio Palmas 776
calle 7, suite 2
Cataño, Puerto Rico 00962
www.ediciones-smpr.com
consultas@ediciones-smpr.com

Susan Bergholz, Literary Services

ISBN: 978-19-348-0164-2
Hecho en Puerto Rico
Impreso en Colombia por Quad/Graphics

EL BARCO DE VAPOR

Viaje a Isla de Mona

Mayra Montero

Ilustraciones de Walter Torres

II Premio El Barco de Vapor
Puerto Rico 2008

Para Otto Samuel Ortiz Flores,
que algún día viajará a Mona

1 Nelson y la brújula

Yo estaba soñando con otra cosa: soñaba con una chiringa verde. Volaba tan alto que el sol le pegaba pedradas de luz: una por aquí, otra por allá, y otra más de aquel lado. Chisporroteaba la chiringa como si se prendiera en candela, caía en picada, pero se recuperaba rápido. Yo la jamaqueaba y me reía con mi hermano Nelson, que nunca se ríe. O casi nunca. Es mi hermano menor y el único que tengo.

Soñaba con eso cuando me despertaron unos golpes en la ventana. Abrí los ojos y esperé un poco, porque no sabía si aquellos golpes también eran soñados. Pero enseguida volvieron a oírse, muy rápido esta vez: toc, toc, toc, toc. Me di cuenta de que, detrás de la ventana, respiraba alguien de mi misma edad: eso lo supe rápido, nadie me pregunte cómo. Debe ser que cogemos el aire de la misma forma, con ganas de sacarlo enseguida y coger aire nuevo. Y vuelta a soltarlo, y vuelta a coger aire fresco otra vez.

Si me taparan los ojos y pusieran a mucha gente a respirar al lado mío, podría decir cuál de los que respira es un tipo como yo, cuál es un chamaquito, y cuál es un viejo-reviejo. Los viejos-reviejos respiran diferente, con un jipío cómico que sólo tienen ellos.

—Román, Román, ¡despiértate!

Reconocí la voz de Javier. Salté de la cama y miré para donde mi hermano Nelson, que estaba roncando con los ojos medio abiertos, como si él también estuviera soñando con una chiringa, pero de otro color. Fui hasta la ventana y me asomé:

—Chacho, despiértate, ¡tenemos que irnos!

Javier abría mucho los ojos, alumbrándose con la linterna de abajo para arriba, dándole a su cara de susto la apariencia de una cara de monstruo. Miré al cielo, que estaba clarito, pero no porque estuviera amaneciendo, sino porque había luna llena. Debían de ser las dos o las tres de la madrugada, pues me parecía haber dormido mucho, y en el sueño había tenido tiempo de empinar la chiringa, corretearla por el cielo hasta cansarme.

—Vamos rápido, nos están esperando.

No hice nada, no me moví. Me pregunté si eso que estaba pasando no era otro sueño que había empezado al acabarse el de la chiringa.

—Coge la mochila y sal, por aquí mismo, chico, ¡vámonos de una vez!

Sentí un escalofrío: alguien acababa de pararse

a mi lado y se asomaba también por la ventana. Era mi hermano Nelson.

—Acuéstate, Nelsito —le susurré, sin tocarlo porque no le gusta que lo toquen—. Duérmete, que va a venir mami.

Nelson siguió mirando para afuera como mira él, que uno piensa que está viendo algo muy triste, o algo muy feo, porque se queda serio, serio. De pronto saltó de la cama y vi que empezaba a ponerse los tenis.

—¿Qué haces, Nelsito? No es hora de levantarse todavía, ¡acuéstate!

—Déjalo que venga —propuso Javier—, acuérdate de que Landi dijo que lo necesita. Tenemos que ser muchos para buscar bien.

Empecé a desesperarme porque Javier no comprendía: era un problema llevar a Nelson con nosotros y estar pendientes de que no se fuera a perder o de que nadie lo tocara. A veces parecía un niño como los demás, le daba bien brutal al Rock Band y jugaba como nadie al Halo. Ese era el Nelson que Javier conocía. Pero había otro Nelson que sólo conocíamos mi mamá, mi papá y yo. Sobre todo yo, que era quien dormía con él.

—Nelson se pone malo. No podemos llevarlo.

Ya lo habíamos hablado cuando preparábamos el viaje. Si me iba con ellos, mi hermano no podía enterarse. Teníamos que salir de forma que él no se diera cuenta y que lo descubriera por la mañana, cuando todos estuviéramos muy lejos ya de Cabo Rojo.

—Es que tiene que venir —insistió Javier—. ¿No ves que es el único que sabe manejar la brújula? Ni tú ni yo sabemos nada de eso. Landi sabe un poquito, pero Nelson se las sabe todas.

Era verdad. Habíamos hecho la prueba. Le dábamos la brújula a Nelson y le decíamos: «Tantos grados para el Norte». Y él daba media vuelta y enfilaba en la dirección correcta. «Ahora, tantos para el Sur», y se viraba hacia el Sur. No fallaba nunca, ni siquiera en la oscuridad se despistaba. Era como si tuviera una segunda brújula dentro de su cabeza y no necesitara la que le poníamos en las manos.

—Nelson no va. Dije que no y es no. ¿Qué hora es?

—Casi las tres —contestó Javier—. Ya todos están en la lancha, sólo faltamos nosotros.

Nelson estaba listo, se había pucsto su suéter y la gorrita. Nunca salía sin su gorrita.

—Tú no vas a ningún lado —le dije quitándole la gorra.

Él puso esa cara que pone cuando se emperra —es lo que dice mi papá: que Nelsito se emperra— y me arrancó la gorra de las manos. Se la volvió a poner, cogió su mochila y saltó por la ventana.

—Vente, loco —imploró Javier—. Tenemos que llegar a Mona antes que el sol empiece a pegar duro.

Me vestí deprisa, pero no por los ruegos de Javier, sino porque pensé que la única manera de meter a Nelson de nuevo en la cama era saltar por la ventana y empujarlo de afuera hacia adentro. Eso sí: si lo empujaba y no quería entrar, seguro que empezaría a gritar y entonces se despertaría mi mamá, que se despierta fácil, correría al cuarto para averiguar lo que pasaba y se daría cuenta de que sus dos hijos habían saltado por la ventana.

Mi papá, que es militar, llevaba meses en Irak y nos escribía todos los días desde su campamento. Ese día también seguro iba a escribirnos, pero ni yo ni Nelson estaríamos para contestarle. Sería mami la que le contaría que nos habíamos escapado. O a lo mejor no le contaba nada; conociendo a mami, apuesto a que se lo ocultaba para que mi papá, tan lejos, no se preocupara tanto.

—Quédate, Nelsito.

Javier me hacía señas para que lo siguiera. Miré a mi hermano:

—Vamos, loco, agarra pa'l cuarto, yo te traigo una iguana cuando vuelva.

Me miró a los ojos como si me leyera el pensamiento. Lo miré como si le leyera yo el suyo: «Voy con ustedes», fue lo que me dijo sin abrir la boca. Luego dio media vuelta y echó a caminar detrás de Javier, y a mí no me quedó más remedio que echar a caminar detrás de ellos dos, mirando hacia la casa para ver si se prendía la luz.

Miré, de paso, hacia la casa de al lado, donde vivían mi abuelo y mi tía Sonia, que se despertaban de madrugada: mi abuelo, para dar de comer a sus gallos —tenía veintipico, todos de pelea— y mi tía, para irse a trabajar.

No se prendió ninguna luz, así que apuré el paso para alcanzar a mi hermano, que corría hacia el lugar donde yo tenía escondida mi bicicleta. Aunque traté de esconderla sin que nadie lo notara, me di cuenta de que Nelson lo había visto todo: por la tarde, me vio sacarla de la casa y ocultarla bajo un montón de pencas, junto a la verja del patio. Así era mi hermano, un lince con el corazón en guardia, nunca se le escapaba ni una. Javier, que estaba ya en su bicicleta, nos esperaba en el camino. Nelson se acomodó detrás de mí y salí pedaleando duro, sin abrir la boca, muertos de miedo porque empezaban a ladrar los perros.

Antes de llegar al muelle, había que pasar por una fonda —Sonia's Place, la de mi tía Sonia— y había que pasar por una casa abandonada que tiene un patio lleno de árboles, palos de guayaba sobre todo. Cada dos o tres días entrábamos allí para tumbar guayabas y buscar culebrones. Cogíamos un palo y golpeábamos las hojas del suelo, a ver si de casualidad había un culebrón, pero nunca salía ninguno. Mi abuelo decía que era que nosotros no sabíamos buscarlos. A esa hora de la madrugada, me dieron ganas de entrar, coger guayabas, olvidarme de que iba con Nelson a una expedición que no sabíamos cómo iba a terminar.

—Ahí están —anunció Javier cuando vio una lucecita encenderse y apagarse en el muelle—. Es Golondrina, la lancha del papá de Landi.

Olía a mar y a pescado chiquito. Los pescados chiquitos huelen distinto que los pejes grandes. El lugar estaba silencioso y en el puentecito del embarcadero, que tiene gomas viejas colgadas alrededor, había unas latas con carnada podrida. El muelle lo usan los pescadores de la zona, entre ellos el papá de Landi, que tiene otro trabajo y sólo sale a pescar los fines de semana. Algunos pescadores salían temprano, cuando caía la noche; esos volvían de faenar como a las dos de la madrugada. Había otro grupo que salía a las cuatro. Nosotros debíamos aprovechar entre las tres y las cuatro para sacar la Golondrina y así evitar que alguien nos sorprendiera.

—¡Javier... Román! —era la voz de Tolio, intentando asegurarse de que sus mejores amigos ya estuviéramos allí.

—Nelsito viene —gritó Javier sin alzar la voz. Quiero decir que puso los labios como si hablara alto, gesticuló como si lo dijera duro y pronunció las palabras como si fueran gritos, pero su voz salió como un susurro.

—Mejor —le oí decir a Landi—, así lee la brújula.

Nelson se sacó la gorra. Siempre que se enojaba se quitaba la gorra, como si fuera a pegarle a alguien con ella.

—Las brújulas no se leen.

En otro momento, todos nos hubiéramos reído,

pero estando allí, frente a ese mar oscuro, a punto de zarpar en una lancha que nos llevábamos sin pedir permiso, ignorando qué castigo nos darían cuando regresáramos, nos quedamos serios. Más que serios, mudos. Yo sentí en la nuca un aire frío, como si un monstruo invisible acabara de salir del agua y nos echara encima su respiración.

Subimos a la lancha y dejamos las mochilas en el lugar que Landi nos indicó, bajando la escalerita, junto a las cajas con agua embotellada. Javier se fue del lado del motor y empezó a soltar amarras, tal como Landi le había enseñado. Tolio me puso la mano en el hombro y juró que nunca iba a olvidar aquel favor que le estábamos haciendo.

—Todos listos para zarpar —ordenó Landi, como si fuera un capitán auténtico—. Escucha, Nelsito: cuando pasemos la boya número 6, que la tengamos bien a popa, tenemos que girar 270 grados, ¿viste?, al Oeste.

—270 grados— ululó Nelson con esa voz de pirata del Caribe que se había copiado de las películas.

—Gracias, locos —exclamó Tolio mirando al horizonte—. Ojalá que no lleguemos demasiado tarde.

2 El hijo de Anatolia

Anatolio dijo que se llamaba Anatolio, y en el salón estuvimos riéndonos tres días. Tres días con sus noches, porque cuando poníamos la cabeza en la almohada y nos acordábamos del recién llegado, de la cara que había puesto cuando la maestra le había pedido que se pusiera de pie y dijera su nombre, nos volvíamos a retorcer de la risa.

—Anatolio Peña.

Ese día nos castigaron. La maestra dijo que quedaba cancelada la excursión al zoológico de Mayagüez, que nos la habían prometido para que conociéramos a la jirafa recién nacida. Antes habíamos visto a su madre con tremenda barrigota. No me importó el castigo porque pensaba que las jirafas son para los chamaquitos, para los más nenes y hasta para los que tienen la edad de Nelson, que había cumplido once. Yo tenía trece y prefería ir al cine, a los conciertos de reguetón y a pescar con Javier.

—Anatolio, pero me dicen Tolio.

La maestra, al día siguiente, trajo un mapa del Caribe y le pidió a Tolio que nos enseñara dónde había nacido. Era un mapa que cogía la pizarra entera y en donde estaban todas las islitas, pero las más grandes eran la isla de Cuba, la de La Española y también Puerto Rico. La Española estaba dividida en dos: de un lado quedaba Haití y del otro República Dominicana. Los dividía una línea que era la frontera y Tolio señaló un punto al lado de esa línea.

—Este es Jimaní —declaró muy serio—, el pueblo donde nací yo.

Hubo algunos murmullos, todos alzamos la cabeza para ver dónde quedaba Jimaní. De pronto se oyó la voz de Landi, que exclamó:

—¿Y por qué no te pusieron Jimaní en vez de Anatolio?

Estuvimos otros tres días riéndonos, con la diferencia de que, a partir de entonces, el propio Tolio se empezó a reír con nosotros. No le dio coraje ni nos invitó a pelear. Y eso que, si hubiera querido, nos hubiera ganado con la tremenda fuerza de sus puños. Tenía la misma edad que Landi —o sea, un año más que yo—, pero era tan alto que parecía un muchacho de 16 ó 18, y daba la impresión de que sus brazos estaban armados de acero, como los de un robot.

Tolio aseguraba que se había hecho fuerte trabajando en el campo, ayudando a su papá en un cultivo que tenían de arroz, una finquita que inundaban de agua. Su mamá —¿puedo decir el nombre?— ¡se llamaba Anatolia! Había emigrado sola a Puerto Rico para poder mandar dinero a su familia en Jimaní.

Recién llegada, se dedicó a cuidar viejitos en un asilo que había en Cabo Rojo. Y cuando con el tiempo consiguió un trabajo mucho mejor pagado, como cocinera de un restaurante en Puerto Real, mandó a buscar al menor de sus hijos. El menor era Tolio, que vino sin querer venir porque lo entristecía separarse de su hermano mayor, que se llamaba Leodán.

Con el tiempo, Tolio nos contó que estaba seguro de que Leodán se iba a convertir en un pelotero famoso. Leodán tenía 16 años y era pícher, y los que lo habían visto lanzar decían que sus rectas podían alcanzar hasta 80 millas por hora.

—Leodán Peña —suspiraba—, acuérdense de ese nombre, panas, grábenselo en el coco.

Le decíamos que sí, que nos acordaríamos. Pero en el fondo no creíamos que Leodán fuera tan bueno, ni que llegaríamos a verlo jugar por televisión.

—En el Yankee Stadium —juraba Tolio, besando la cruz que formaba con los dedos índice y pulgar—. Por esta, que algún día lo verán con los Yankees. Con los Yankees o con los Orioles.

Fueron los primeros meses en que conocimos a Tolio. Aunque después pensamos que no lo conocíamos de verdad, que en realidad no supimos quién era hasta aquella tarde en la playa de Joyuda. Ese día cambió la forma en que lo veíamos. Pero a la misma vez cambió la forma en que nos reíamos, cambió el modo en que mirábamos las cosas que pasaban a nuestro alrededor. Todo cambió un poquito, voy a contar por qué.

Era Semana Santa y mi mamá, la mamá de Javier y la de Landi, las tres que eran amigas, nos llevaron a todos a la playa. Ellas se quedaron algo alejadas, preparando el almuerzo. Landi, Javier y yo nadábamos cerca de la orilla. Nelson y Tolio buscaban cangrejos debajo de unas rocas. De pronto dejamos de nadar y sentimos lo que a mí me pareció una ráfaga de viento, pero debajo del agua. Fue un golpetazo en todo el cuerpo, una corriente que nos empujó y nos empezó a arrastrar como si fuéramos papeles, o, mejor dicho, barquitos de papel, y cuando se cansó de arrastrarnos, nos cogió por los pies y nos tiró hacia el fondo.

Yo fui el primero en hundirse, pero pude soltarme y nadar hacia la superficie. Saqué la cabeza, lo veía todo borroso y descubrí que Landi ya no estaba, también a él se lo había tragado el mar. Javier seguía luchando contra el agua, pero sólo se le veían los brazos, los puños que luchaban a ciegas. Poco más pude ver porque una ola me envolvió completo. Cuando ya no podía respirar, logré sacar la cabeza una vez más y oí que Landi gritaba que nos ayudaran. Yo también traté de gritar, pero no me salieron las palabras, sólo un ronquido como el glu glu glu de los ahogados. A Javier no lo vi. Desde que se había hundido, no había logrado sacar la cabeza para respirar.

Eso nadie podía saberlo desde la orilla, donde la mamá de Landi y la mía ya se habían acercado al agua para ver si estábamos jugando o si pasaba algo peor. Tolio, que había jugado tanto con nosotros, se dio cuenta de lo que ocurría y no esperó un segundo para entrar al agua y nadar como una colirrubia (él solía decir eso, que nadaba como una colirrubia) hasta el lugar donde nos encontrábamos.

¿Cómo supo que Javier era quien más necesitaba ayuda? No lo sé, tal vez porque nos vio a nosotros, a Landi y a mí, asomando y hundiendo las cabezas, y no vio ni una sola vez la de Javier. Por eso lo buscó primero a él, lo sacó a flote y lo llevó a la orilla. Allí se lo entregó a su madre y volvió como la colirrubia que era hasta donde estábamos luchando Landi y yo. Nos sacó a los dos a la vez, porque Tolio era fuerte y, según él, no era la primera vez que sacaba del agua a unos amigos que se estuvieran ahogando.

Llegó una ambulancia para atender a Javier, que tenía los labios morados, pero podía hablar. Nos llevaron a todos al hospital. A Landi y a mí el médico nos revisó y nos mandó a la casa. Javier, en cambio, tuvo que quedarse hospitalizado hasta el día siguiente.

Una semana después, le hicieron un homenaje a Tolio. La mamá de Javier, junto con la mía y otras más, le regalaron dos camisas y un CD de Tego Calderón. La mamá de Tolio estuvo todo el tiempo al lado de su hijo y lo abrazó cuando la directora de la escuela contó la manera en que nos había salvado. Él bajaba la cabeza y seguramente se ponía colorado, aunque como era negro, o casi negro, el colorado no se le notaba tanto.

Una de las maestras sacó un ramo de flores para Anatolia y le preguntó a Tolio que a quién le dedicaba ese gesto de arriesgar la vida para salvar a unos amigos. Creo que pensó que Tolio iba a coger las flores, se las daría a su mamá y diría que se lo dedicaba a ella.

Pero Tolio levantó la cabeza, lo hizo muy lento como si le pesara mucho. Tenía los ojos llenos de lágrimas y nos miró de frente antes de pronunciar estas palabras:

—Se lo dedico a mi hermano Leodán.

En ese instante todos aplaudimos, pero Anatolia más.

3 Leodán, el aventurero

—Sé que está en Mona —dijo Tolio—, tenemos que ir a rescatarlo.

Se ahogaba diciéndolo, como si las palabras fueran trozos de pan duro atascados en su boca, sin poder tragarlos, pero sin poder escupirlos tampoco.

—Se lo dijeron a mi mamá, que lo dejaron tirado por allá porque la yola en que venía estaba haciendo agua.

Nos habíamos reunido en la cancha, como todas las tardes. Desde temprano, Tolio había dicho que tenía que decirnos algo muy importante. Ahora aguantaba las ganas de llorar: se le notaba en el pecho, que subía y bajaba demasiado rápido. Cuando se calmó, poquito a poco, nos fue contando.

La noche anterior había sonado el teléfono en su casa y era alguien misterioso que preguntaba por Anatolia. Cuando ella contestó el teléfono, le contaron que Leodán había cogido una yola para viajar a Puerto Rico y que debía estar preparada por si llegaba a Rincón. El problema era, dijo la voz misteriosa, que la yola había empezado a hacer agua cuando navegaba cerca de Isla de Mona.

El capitán había tenido que aligerarla y para eso, sacar a tres hombres, a los que dejó en la isla con la promesa de que regresaría a buscarlos. Pero al llegar a Puerto Rico había tenido contratiempos y no había podido cumplir su promesa.

Eso significaba lo siguiente: Leodán se hallaba en Mona y no tenía cómo salir de allí.

Anatolia había llamado a Jimaní, pidiendo desesperada que le localizaran a su hijo. Pero todo había sido en vano: Leodán no aparecía en el pueblo y eso era señal de que tal vez había salido para Puerto Rico. Tolio se quejó de que su hermano no hubiera tenido paciencia para esperar a que su mamá reuniera el dinero que hacía falta para traerlo. O a que los «escuchas» que recorrían la República Dominicana en busca de buenos peloteros se fijaran en él y se lo llevaran a las academias que las Grandes Ligas tenían en Santo Domingo.

Era lo malo de Leodán, que se desesperaba fácilmente y nunca había aprendido que las cosas que de verdad valen la pena se logran dando un paso hoy y otro mañana. Su mamá se lo decía cada vez que hablaban por teléfono, «vamos al paso, Leodancito», pero Leodán jugaba con la idea de agarrar una yola, largarse a Puerto Rico y ver qué se inventaba para probar suerte como pelotero en Estados Unidos.

De nada había valido que Anatolia le rogara que lo pensara bien; de nada sirvió que le metiera miedo recordándole que los mares alrededor de Boca de Yuma, que era el lugar de donde salían aquellos botes clandestinos, estaban infestados de tiburones. Además, en el Canal de la Mona se formaban tormentas de un minuto a otro, unas trombas marinas que parecían salir de las profundidades del océano y que acababan con todo lo que encontraban a su paso. Leodán contestaba que él sabía nadar. Que nadaba mejor que lo que jugaba pelota.

Pero Tolio decía que eso no era cierto. Su hermano, aunque buen nadador, era el mejor pícher de su edad en toda República Dominicana.

—Ahora se va a morir —masculló con rabia, mirándonos como jamás nos había mirado—. Seguro que lo muerde una serpiente venenosa y ya no podrá volver a tirar una recta a 80 millas por hora.

—No hay serpientes venenosas en Mona —reaccionó Landi, que era el único de nosotros que había estado en aquella isla—. Hay culebras, muchísimas culebras, de las cieguitas y de las corredoras, y un culebrón que sólo traga murciélagos. A tu hermano no se lo va a tragar.

Tolio sonrió complacido. Pero esa sonrisa se apagó tan pronto oyó decir a Landi que había algo más peligroso, bastante más cruel que la peor serpiente:

—Los cactus, mi pana... En serio, unos que cogen a la gente por el mismo cogote, la agarran de este modo, ¿viste?, la exprimen como si fueran a sacarle el jugo.

Todos guardamos silencio. A mí me pareció escuchar el ruidito que de seguro hacían aquellos cactus cuando succionaban a un ser vivo, ya fuera una cabra, un gato, o un muchacho musculoso como Leodán.

—Son como los culebrones, pero peores, porque te hincan con las espinas tan afiladas que tienen y te dejan seco. Luego escupen los huesos, la ropa y los zapatos. Tolio preguntó que cómo lo sabía.

—Porque lo vi una vez. Fui con mi papá para buscar una paloma turca que había caído detrás de la pared de cactus. Lo que encontramos fue un esqueleto, vestido con su camisa, su pantalón y sus zapatos. Mi papá dijo que aquello era un laberinto y que por eso la gente se perdía y se moría de sed, pero el esqueleto estaba atrapado por el cactus, eso lo vi clarito. Salimos rápido y llamamos a los *rangers*.

Contrario a lo que pensábamos, Tolio no se asustó demasiado con las palabras de Landi. Si no había serpientes venenosas que pudieran morderlo, Leodán iba a mantenerse vivo, esperando que alguien lo sacara de allí.

—Por eso vine —dijo mirando fijamente a Landi—, para ver si tú y yo cogemos esa lancha, la de tu papá, y sacamos a Leodán esta noche.

Landi bajó la cabeza y los demás se quedaron mirándolo: era un momento decisivo para el grupo.

—Tú llegas a Mona hasta con los ojos cerrados —lo halagó Tolio, y enseguida buscó el apoyo de todos nosotros—. ¿No es verdad, locos, no es verdad que este llega como quiera?

—Yo los acompaño —me atreví a decir—. Llevaré la brújula de mi hermano.

—Mejor trae a tu hermano —contestó Landi y fue como si hubiera dado la señal de salida—. Nelsito es el único que entiende la brújula. En el mar no lo necesito, pero en la isla sí.

Javier se levantó para decir que había que comprar unas buenas linternas y unas cocacolas, pero de pronto enmudeció y miró a Tolio: se acababa de dar

N
O

cuenta de que todavía nadie había dicho cómo pensaban encontrar a Leodán en un lugar como Mona, con tantas cuevas y riscos, y con esos laberintos de cactus que abrazaban a la gente hasta dejarla seca.

—Yo sé que lo encuentro —apostó Tolio—. Cuando vivíamos en Jimaní, nos pitábamos dentro del monte para mandarnos mensajes y saber dónde estábamos. Llevaré un silbato de esos que rompen el oído, uno que pite bien duro.

—Y luces de bengala —recalcó Javier.

—¿Bengalas? Si los vigilantes nos cogen tirando bengalas, nos meten presos. Están prohibidas, a menos que las disparen desde un bote que se esté hundiendo.

Javier se rascó detrás de la oreja. Lo hacía siempre que estaba avergonzado. Y se avergonzaba cada vez que Landi le hacía ver que había dicho algo estúpido.

—Todo muy bien —interrumpí—, menos lo de Nelsito. Se asusta y no le gusta que lo toquen. No lo podemos llevar.

Landi propuso que decidiéramos la fecha. Era martes y tenía que ser entre jueves y viernes, pues su papá casi siempre iba los sábados a revisar la lancha.

—Si por mí fuera —se entusiasmó Tolio—, nos íbamos mañana mismo.

Noté que Landi se ponía furioso.

—¿Mañana? Este dominicano está loco. Ni siquiera sé si podremos ir el jueves o el viernes. A lo mejor no podemos ir nunca. ¡Nunca! ¿Me oíste? Mi papá esconde la llave, y además, ¿qué inventamos para dormir fuera de la casa?

Tolio lo miró dolido. Landi nunca le había dicho «dominicano» en ese tono feroz. Nunca había marcado las diferencias entre nosotros, que habíamos nacido en Puerto Rico, y él, que había nacido un poco más allá, en ese Jimaní de la frontera que nos había enseñado la primera vez en un mapa.

—Yo diré que voy a dormir en tu casa —murmuró Javier echando su brazo por encima de Tolio.

Era una buena idea. Para ganar tiempo, cada cual podía decir que iba a dormir en casa del otro. Como casi no decíamos mentiras, no había motivo para que nadie desconfiara esta vez: ni la mamá de Tolio, ni la abuela de Landi (que desconfiaba mucho), ni tampoco el papá de Javier, que siempre lo llamaba al celular. Yo era el que tenía problemas: a mi mamá no le gustaba que durmiera fuera de casa, así que tendría que jugármela de otro modo. Cuando por la mañana entrara al cuarto para despertarnos, se encontraría con que Nelsito estaba solo, solo y furioso porque yo me había largado sin él. En ese momento empezarían a buscarme, primero a mí y luego al resto del grupo. Al final, nos obligarían a contarlo todo: que nos habíamos escapado en la Golondrina, la lancha del papá de Landi, para ir a Mona en busca del hermano de Tolio, aquel Leodán aventurero que en mala hora no había querido esperar hasta que su mamá reuniera el dinero para poder reclamarlo.

—¿Tu hermano no tiene celular? —se me ocurrió preguntarle a Tolio.

—Tenía —respondió—, pero los obligan a tirar el celular en la playa cuando van a subir a la yola.

—No podemos llamarlo —concluyó Javier.

Landi lo fulminó con la mirada.

—Claro que no. Si pudiéramos, ya le habríamos dicho que nos esperara en Playa Pájaros o en Uvero. Lo recogíamos y estábamos de vuelta en cuatro o cinco horas.

—Eso hubiera estado *cool* —dije yo—, hubiéramos vuelto antes que nadie descubriera que nos habíamos escapado.

Nos quedamos hasta tarde discutiendo la manera en que lo haríamos y asignando a cada uno lo que debía comprar: comida en lata, linternas y muchas botellitas de agua. Después nos fuimos a dormir, aunque pienso que ninguno consiguió pegar ojo esa noche.

ERA JULIO Y estábamos de vacaciones, así que el día siguiente lo dedicamos a preparar las mochilas. Landi mencionó que era bueno llevar chocolates. Se lo había enseñado su papá: si alguien se perdía, podía buscar una cueva y sobrevivir allí durante algunos días, bebiendo el agua que caía del techo y que quedaba a veces estancada, y masticando pedacitos de chocolate.

—Si nos atrapan los cactus —recordó Tolio, medio en broma y medio en serio—, de nada servirá el chocolate.

Sentí un escalofrío. Yo era el que estaba en peor situación: tenía que salir de mi casa sin que se diera cuenta mi mamá, pero también sin que se diera cuenta Nelson, que era lo más difícil, pues compartíamos el mismo cuarto y él además tenía la mala costumbre de dormir con un ojo abierto y otro cerrado. O con los dos abiertos, como un hombre lobo.

La víspera de la partida, antes de acostarnos, recé el padrenuestro con él. Mami entró al cuarto para darnos la bendición y preguntar si habíamos rezado, y por primera vez en mucho tiempo dije verdad: lo había rezado todo. Quizá eso levantó las sospechas de mi hermano, que no dejó de mirarme como queriendo averiguar a qué le tenía miedo aquella noche.

Más tarde, nos quedamos dormidos. Y yo estaba soñando con la chiringa verde cuando me despertaron los golpecitos en la ventana.

4 Camino del Infierno

Pasara lo que pasara en nuestro viaje a Mona, pensé que ninguno iba a olvidarse nunca de aquel mar dormido que roncaba bajito: un mar de la madrugada que era tan diferente de la mar del día, con un olor distinto y un movimiento suave que nos adormeció.

Viajamos en silencio durante mucho rato. Landi guiaba la embarcación y los demás mirábamos al horizonte, escudriñando la línea de un color cambiante, del gris oscuro al anaranjado claro, hasta que al cabo de una hora, más o menos, apareció la roca que salía del mar y que se convirtió en un farallón oscuro. «Farallón» fue la palabra que nos dijo Landi.

—Loco, ahí la tienes, eso que estás viendo es Mona.

Tolio se empinó en el bote, aunque Landi nos había pedido que no nos pusiéramos de pie.

—Por ahí anda mi hermano Leodán —dijo con emoción.

—Salúdalo —se burló Javier diciendo adiós con la mano, y Tolio le contestó con una palabrota.

Mona parecía cerquita, pero tardamos todavía dos horas en llegar a la playa. Landi anunció que desembarcaríamos por Playa Pájaros, que rápido meteríamos la lancha en una ensenadita donde acostumbraba anclarla su papá, y que —una vez allí— tendríamos que decidir la ruta para comenzar la búsqueda.

Estaba claro que, si la yola que traía a Leodán había tenido problemas, lo más seguro es que el patrón hubiera buscado refugio al otro lado de la isla, en Playa Uvero, esquivando de ese modo Sardinera, que era una playa más cómoda para meter un bote, pero con vigilantes por los alrededores.

Empezaba a clarear cuando saltamos de la embarcación. Nelson no había abierto la boca durante todo el viaje, pero una vez puso los pies en tierra, señaló el rumbo:

—Si vamos al Oeste, es por ahí.

Landi le respondió que sí, que lo lógico era que avanzáramos hacia el Oeste, por el Camino del Infierno. Por ese camino llegaríamos a la Cueva de Geña, que era un punto que él utilizaba para no perderse, y de allí a Playa Uvero. Era posible que, en alguna de las cuevas que rodeaban aquella playa, se hubiera escondido el hermano de Tolio.

Partimos cargando con nuestras mochilas, a buen paso porque todavía no había calor. El Camino del Infierno era fácil y casi recto, y Landi comentó que no sabía por qué lo llamaban de ese modo, pues comparado con la mayoría de los senderos que había en Mona, podía decirse que aquel Infierno era un paraíso.

—Más arriba hay uno que le llaman Camino de las Cabras, y desde allí hay un trillo que va a Cueva Espinar, pero que si no agarras el trillo que es, y subes por el equivocado, no llegas a ninguna parte.

—A algún lugar se llegará —dije molesto, las exageraciones de Landi me dan a veces mucho coraje.

—A ninguno —insistió él—. Mira que por allí está el Farito, que es más chiquito que el Faro, pero aunque lo estés viendo, no lo alcanzas nunca. Mano, es como cuando tienes una pesadilla, que corres en el mismo lugar sin poder moverte.

Javier carraspeó y cogió la cantimplora para beber agua.

—No bebas todavía —lo detuvo Landi—. Tú no tienes sed, guarda el agua para cuando el sol apriete.

Habló con autoridad, como si fuera un padre. Probablemente eso era lo mismo que le decía su papá cada vez que iban a cazar a Mona. Sólo permitían cazar algunos meses al año, y ellos les tiraban a las cabras y a los puercos salvajes. Landi siempre llegaba un poco triste de aquellas cacerías, pues no le gustaba ver morir a los animales. Su papá y los demás cazadores le aseguraban que había que hacerlo, porque si no, seguirían naciendo tantas cabras y puercos que, con el tiempo, no iban a caber en la isla y terminarían muriéndose de hambre.

—¡Cuidado ahí! —le oímos gritar a Javier—, pero ¿qué diantre es eso?

Era una iguana prehistórica con un cuerno en la frente, un dinosaurio en miniatura que había salido inesperadamente al camino y que miraba a Javier como si lo conociera de alguna parte.

—No te hará nada —le dijo Landi—. Seguro que va para esos manzanillos a buscar su desayuno, se zampan las manzanitas antes de ponerse a coger sol.

Miramos hacia los árboles que él señalaba y vimos las frutas brillantes en dos distintos tonos de rojo. Sin encomendarse a nadie, Javier corrió a uno de los palos.

—Yo voy a desayunar también.

Pegó un brinco y agarró una fruta. Se la había metido ya en la boca cuando Landi saltó sobre su espalda, lo tiró bocabajo y lo cogió por el pelo: «¡Suéltala, loco, suéltala!». Javier abrió la boca y la manzanita salió rodando hasta pararse junto a mis pies.

—Te mueres, chacho... No puedes ni tocarla, ¿no ves que te mueres?

Javier se levantó aturdido y se sacudió los pantalones. Abrió los brazos como si fuera a pelear con Landi, pero de pronto, con el dedo índice, apuntó hacia el interior de su boca y dijo algo que no comprendimos.

—Aaaaah, aaaaah... Aaaaah.

—Ya se te durmió la lengua, ¿verdad? Si llegas a masticarla, te mueres aquí mismo.

Landi le dijo a Nelson que continuáramos, pero Javier seguía apuntando a su boca y todos nos acercamos a mirar. No había nada muy raro: los dientes, la campanilla, la lengua un poco seca, eso sí.

—Va a tener la lengua dormida por un buen rato —explicó Landi—, como dos horas. Pero puede caminar, ¿verdad que puedes?

Fue hacia Javier y lo agarró del brazo.

—Vamos a seguir... La próxima vez, pregúntame antes de coger nada que veas comer a las iguanas. Las iguanas siempre comen cosas venenosas, aunque ellas nunca se envenenan.

Nelson parecía aburrirse con aquel episodio, nos miraba serio y yo creo que sólo pensaba en seguir.

—Al Oeste —dijo impaciente—. Oeste Noroeste.

A veces hablaba como un robot. Todos se daban cuenta de que aquella no era una forma muy normal de hablar, pero nadie se burlaba de él. A pesar de sus rarezas, o de «su condición», como decía mi mamá, Nelson sabía imponer un respeto. Tal vez porque entendía de brújulas y de relojes. Le fascinaban los relojes, sobre todo si eran antiguos y había que darles cuerda.

—Si alguno de ustedes oye el motor de un carro —advirtió Landi—, que avise rápido para escondernos. Son los *jeeps* de los *rangers*, cuando uno menos se lo espera pasan dando la ronda.

Él iba delante, junto a Nelson; detrás íbamos Tolio y yo, y el último era Javier, con la cara asustada por culpa de su lengua dormida. Por el camino vimos muchos manzanillos con las frutas jugosas que nos hacían la boca agua. Eran como manzanitas en miniatura y nadie hubiera dicho que eran capaces de matar con su veneno.

Landi también nos advirtió que no nos acercáramos al «indio esnú», un extraño árbol que parecía estar mudando la piel. Si alguien por casualidad tocaba al «indio esnú», se llenaba de ronchas.

—Sólo eso le faltaba a Javier —opinó Tolio poniendo falsa cara de pena—, que se abrazara a un «indio esnú» y que, además de tener la lengua dormida, se revolcara como perro con pulgas.

Todos nos reímos, menos Javier, claro está, que seguía haciendo ese sonido: «aaaahh, aaaahh».

No sé cuánto tiempo caminamos por el Camino del Infierno, más de una hora o tal vez dos, pero sí sé que cuando al fin divisamos el recodo donde se termina, descubrimos una maraña de cactus y Landi ordenó que paráramos.

—Detrás de esos cactus está la Cueva de Geña. Es pequeña, no creo que el hermano de Tolio se haya metido ahí. Los *rangers* lo encontrarían rápido.

—De todas maneras, lo llamaré con esto —dijo Tolio, mostrándonos un silbato.

Avanzamos hacia la cueva. Landi nos había advertido que, por lo difícil que era el camino y la cantidad de plantas espinosas que había, debíamos llevar pantalones largos de tela dura, que no se rompieran ni con las espinas ni con el filo de las piedras. A la entrada de la cueva divisamos otras dos iguanas, estaban quietas, cogiendo el primer solecito de por la mañana, y cuando pasamos por su lado ni siquiera hicieron intento de escapar.

Cueva Espinar
Playa Sardinera
Cueva Negra
Isla de Mona
Camino del Infiern
Playa Uvero
Cueva de Geña

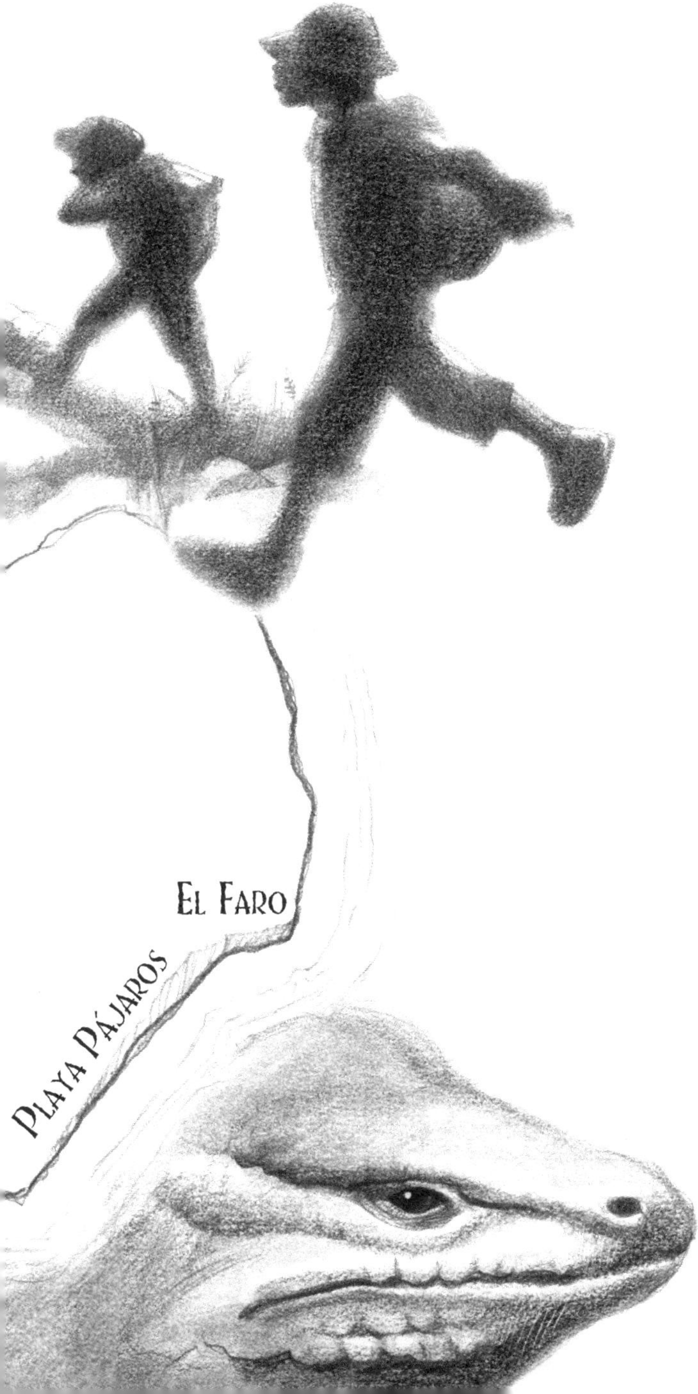
El Faro
Playa Pájaros

—No creo que lo del silbato sea buena idea —comentó Landi—. Tolio, grítale a tu hermano, llámalo por su nombre.

Tolio gritó varias veces «Leodán». Aguzamos el oído para ver si llegaba una respuesta desde el monte o desde otro lugar. Pero no se oyó nada.

—Entonces seguimos para Cueva Negra —dijo Landi—. Por el camino hay otras cuevas que no tienen nombre, o por lo menos yo no me los sé. Buscaremos en todas, pero no nos podemos separar. De ahora en adelante, ni a orinar se paren sin avisar. Si se tiene que parar alguno, mejor que nos paremos todos.

Nelson vino a mi lado y me pidió que le diera un bombón. Le dije que uno solo, pues todavía no era la hora de almorzar y nos quedaba mucho camino por delante. Puso de nuevo su voz de robot, que a veces me desesperaba:

—El bombón. Dame el bombón.

Se lo di y partimos todos detrás de Landi. Nelson era una especie de copiloto, miraba la brújula y a veces la posición del sol. Al cabo de un rato, bastante sudados y con algunos arañazos en la cara y los brazos, llegamos a Cueva Negra.

Landi había sacado su linterna y nos hizo señas de que sacáramos también las nuestras. El piso de aquella cueva estaba lleno de piedras y agujeros que parecían guaridas de ratón. A medida que avanzábamos, empezamos a ver unas arañas rojizas, del tamaño de una mano, que se lanzaban del techo en cámara lenta. También nos salieron al paso culebritas y varios murciélagos que revoloteaban en nuestra misma cara, sin llegar a tocarnos.

Nelson no se asustaba con nada, no le tenía miedo a ningún animal. A mí tampoco me asustaban aquellas culebritas que yo sabía que eran inofensivas. Pero a Tolio parece que le daban asco. Yo lo veía que se erizaba, que arrugaba los ojos como si con ese gesto las pudiera ahuyentar. Javier también sentía asco o miedo, quizá ambas cosas, así que en lugar de dirigir la luz de la linterna al suelo por donde caminaba, la dirigía al techo de la cueva, de donde salía un ruido como si rasparan algo, seguido por un concierto de ventosas que ponía la carne de gallina. Eso lo hizo tropezar dos veces.

—Mira por dónde caminas —le advertí—. Olvídate ya del techo.

Él contestó con otro «aaaaaahh», pero me hizo caso y empezó a alumbrarse como debía, dirigiendo la luz al suelo. Una vez más, Landi le pidió a Tolio que llamara a su hermano.

La voz de Tolio esta vez salió muy débil. Tal vez porque había estado aguantando el miedo que le daban aquellas criaturas que pululaban a nuestro alrededor. En verdad le salió una voz temblorosa, medio ronca, como la de un viejito:

—¡Leodán, Leodán, soy Tolio!

—Así no te va a oír —le dije—. Déjame a mí.

Cogí aire y grité el nombre de Leodán dos veces, pero no hubo respuesta.

—Vamos adentro —ordenó Landi—. Si Leodán vino aquí, tiene que estar bien escondido.

Al principio dije que, pasara lo que pasara, ninguno iba a olvidarse del mar de la madrugada. Pero estando allí, en aquella cueva, se me ocurrió que tampoco íbamos a poder olvidarnos del olor de la piedra mezclado con lo dulce, lo amargo y lo podrido. Lo dulce era el olor de ciertos murciélagos (eso nos dijo Landi); lo amargo, el olor del excremento de las culebras, y lo podrido, el agua estancada y los pellejos de los animales muertos.

Dentro de la cueva hacía menos calor que afuera, pero el aire era más espeso. Javier arrastraba los pies y en un momento dado se sentó en el suelo. Le dije que se levantara, que no podía quedarse allí. Movió la cabeza diciendo que no. Estaba sudoroso y pensé que el veneno de las manzanitas tal vez le había dormido algo más que la lengua, algo dentro de su cabeza o en su barriga, que estaba medio hinchada.

Landi creo que pensó lo mismo porque, en lugar de insitirle para que viniera con nosotros, le aconsejó que descansara un rato en lo que revisábamos la cueva. La única condición era que no se moviera de allí. Javier dijo que sí con la cabeza y Landi sacó una botellita de agua de las que llevaba dentro de su mochila, la abrió y se la puso en las manos:

—Bebe —le dijo—. Ahora sí, bébela toda porque eso te hará soltar el veneno.

Javier bebió el agua de un tirón. Luego recostó la espalda contra la pared y cerró los ojos. Se me ocurrió decirle a Nelson que se quedara con él, no me gustaba la idea de que mi hermano viniera con nosotros a recorrer la cueva.

—Espéranos aquí, Nelsito, así cuidas a Javier.

Nelson apretó la boca y engurruñó los ojos, que era el gesto que solía hacer cuando estaba a punto de emperrarse.

—No lo voy a cuidar. Vamos hacia el Oeste.

—Ahora no vamos al Oeste —intervino Landi—. Vamos a buscar dentro de la cueva, que creo que corre hacia el Sur.

—Corre hacia el Sur —repitió Nelson.

Me di cuenta de que era inútil que lo obligara a quedarse. Landi volvió a pedirle a Javier que no se moviera de allí, ni mucho menos tratara de alcanzarnos. Tampoco debía salir de la cueva. Todo era peligroso, excepto quedarse quieto y esperar a que volviéramos, con Leodán o sin él.

Marchamos en fila india. Yo intentaba caminar lo más cerca posible de mi hermano Nelson, que a su vez intentaba caminar lo más cerca posible de Landi. El terreno estaba lleno de hoyos y de pequeños charcos de agua. Cada veinte o treinta pasos, Tolio gritaba el nombre de Leodán y hubo un momento en que, sin encomendarse a nadie, sacó el silbato y dio un pitazo que retumbó en toda la cueva.

Ninguno de los tres contábamos con que aquel sonido fuera a aturdir a Nelson, que pegó un grito, dejó caer su brújula y quedó paralizado. Corrí hacia él. Lo sacudí por los hombros y volvió a sacar del pecho otro alarido, esta vez tan agudo y tan largo que me dio tiempo de ponerle la mano en la boca y suplicarle que se callara. Pero sólo se calló un segundo y enseguida volvió a gritar.

Landi, desesperado, le echó la culpa a Tolio y le prohibió que volviera a usar aquel maldito pito. Yo recogí la brújula y le pregunté a Nelson si quería un bombón. Le ofrecí agua y me dieron ganas de pasarle la mano por la espalda, pero sabía que no debía hacerlo. Tocarlo sólo empeoraría las cosas.

Había un silencio muy grande ahora en la cueva. A Landi y a Tolio no los oíamos ni respirar. Sólo se oía la respiración de Nelson, que ya se iba tranquilizando, con la brújula de nuevo en las manos, que era como su guía en los momentos de oscuridad, aquellos que sobrevenían dentro de su cabeza.

—¿Seguimos, Nelsito?

Confirmé que estaba totalmente recuperado cuando miró a su alrededor buscando a Landi y, al localizarlo, le preguntó si seguían hacia el Sur.

—Hacia donde nos lleve la cueva —contestó suavemente Landi.

Me dio pena ver a Tolio encogido, avergonzado y, sobre todo, asustado por la reacción de Nelson y la furia con que Landi lo había reprendido. Fui a su lado y le puse la mano en el hombro, le expliqué que Nelson reaccionaba a veces de ese modo, que podía ser por un pitazo o por una canción. Nunca se sabía con él.

Estábamos a punto de seguir nuestro avance, cuando sentimos aquel ruido. Todos pudimos oírlo y aunque no podíamos vernos bien las caras, pienso que al principio no sentimos tanto susto, sólo curiosidad: ¿de dónde provenía aquel rac rac rac metálico, propio de un rastrillo o algo de eso?

A mí me pareció un rastrillo, pero a Landi le pareció que alguien estaba arrastrando una cadena. Eso fue lo que me dio terror: la voz desamparada de Landi, aguada por el miedo, como si estuviera a punto de llamar a su mamá. Se me ocurrió que el ruido podía hacerlo Javier, pero Tolio descartó la idea porque aquel sonido, si nos fijábamos bien, venía de lo más profundo de la cueva.

Cogí a Nelson por un brazo para mantenerlo al lado mío y justo en ese momento el ruido se hizo más fuerte y más redondo, como si se acercara desde todos lados. Ya no era un rac rac rac, sino un inmenso rom rom rom. Cientos de rastrillos —o de cadenas, según Landi— que avanzaban a nuestro encuentro.

Me preocupó que Nelson volviera a desesperarse y empezara a gritar. Hasta pensé en taparle los oídos con mis manos. Pero las reacciones de Nelson eran un misterio y aunque el ruido iba en aumento, a él no parecía asustarlo.

—Busquen con qué defenderse —gritó Landi.

Yo me agaché y cogí una piedra.

—Ay, mamá —oí gemir a Tolio.

Unos segundos más tarde, aquel ruido infernal nos tragó por completo.

5 Los tentáculos del Pulpo

—Son caracoles, ¡miren qué muchos caracoles!

El aviso lo había dado Tolio y con las linternas alumbramos el suelo: en verdad era una marea de conchas que avanzaba como un ejército. Saltaban unos por encima de otros, resbalaban o se atascaban entre los huecos de las piedras, y hasta peleaban entre sí para abrirse paso.

—¿A dónde van? —se preguntaba Tolio—. ¿De dónde salen tantos?

Nelson los miraba extasiado y Landi aflojó el cuerpo, como si se hubiera sacado un gran peso de encima:

—No son caracoles, sino cangrejos. Eran ellos los que hacían ese ruido.

Y aún seguían haciéndolo. Buscaban al mismo tiempo la salida de la cueva, el rac rac rac era el sonido de su caminata, el que producían miles de patitas marchando al mismo tiempo, pero sobre todo, las conchas, que chocaban unas con otras o se daban contra las piedras.

—Son brújulas —declaró Nelson—, van hacia el Norte.

—Cómo van a ser cangrejos —desconfió Tolio, inclinándose para mirarlos mejor.

—Cangrejos, mi pana —tuvo que repetirle Landi—. Las conchas no son de ellos. ¿Tú nunca has visto cobos o qué pasa?

Tolio respondió que sí, que estaba cansado de ver cobitos de todos los tamaños, pero que nunca había oído aquello de que eran cangrejos con las conchas prestadas.

—Nadie les presta nada. Las buscan por la playa y pelean por ellas. Tienen unos encontronazos bien brutales por culpa de las conchas.

Nelson se agachó y alumbró a los cobos al mismo tiempo que chequeaba la brújula. Luego se puso a susurrar unas palabras que no pude entender, como si les diera instrucciones para que continuaran su avance.

—Mi papá me había hablado de las cobadas de Mona —añadió Landi—, pero yo no lo quería creer. Me había dicho que salen miles a la vez para poner sus huevos en la arena.

Tolio apagó la linterna y oímos su voz cansada:

—Me parece que Leodán no está aquí. Con el ruido que hacen esos caracoles, ya hubiera salido. ¡Leodáaaaan!

—¿Por qué no volvemos y comemos algo? —propuse—, así chequeamos cómo sigue Javier.

Tolio pidió que lo dejaran llamar a su hermano una vez más. A Landi se le ocurrió que gritáramos juntos, sobre todo Nelson, que había demostrado tener buenos pulmones y ser capaz de gritar más alto que ninguno. Así lo hicimos, contamos hasta tres y el nombre de Leodán inundó la cueva, fue hasta el fondo y rebotó en la piedra. El eco repitió: «Leodán, dan, dan, dan».

—Aquí no está —afirmó Landi, haciendo un gesto para que paráramos, pues si llega a ser por Tolio hubiéramos seguido gritando—. Vamos a comer algo y luego arrancamos para Uvero.

Nelson salió con otra de las suyas:

—No pisen las brújulas.

Las brújulas a las que se refería eran los cobitos, que continuaban avanzando y haciendo ruido. Landi nos explicó que en su recorrido comían pequeños animales, como arañas, ciempiés, hasta salamanquitas recién nacidas, todo lo que encontraban a su paso para poder sobrevivir la larga marcha.

—Después las gaviotas vienen y se los comen a ellos. Es la cadena de la vida, como dice mi papá.

—Se comen a los que no llevan casco —opinó Nelson refiriéndose a las conchas. Decía cosas muy lógicas cuando le daba la gana.

Tolio, que iba bastante adelantado, fue el primero en darse cuenta:

—Oigan, ¡Javier ya no está aquí!

Nos detuvimos todos y cada cual empezó a alumbrar por su lado, rebuscando en cada rincón. Estábamos en el punto donde lo habíamos dejado, mudo y sudoroso, tomando unos buchitos de agua. Su mochila todavía estaba allí, pero sola y despistada, como un perro que se hubiera quedado sin su dueño.

—Le dije que no se moviera —se enfureció Landi—. Mira que se lo dije, coño...

—Apuesto a que está fuera —pensé en voz alta—. Seguro que oyó el ruido de los cobos y salió temblando.

Tolio recogió la mochila de Javier y los cuatro seguimos hacia la salida, casi corrimos para llegar antes. Pero el resplandor nos dejó ciegos unos minutos, era imposible buscar a nadie en esa claridad.

—A lo mejor le dieron ganas de mear —dije, temiendo la reacción de Landi cuando encontráramos al pobre de Javier.

—Podía haberlo hecho en la cueva —contestó Tolio.

Me di cuenta de que Nelson se había detenido delante de unos pinos. Lo vi en una actitud extraña, pues había dejado caer los brazos a lo largo del cuerpo, como cuando está a punto de «irse del mundo». Es lo que dice mi mamá cuando mi hermano, en lugar de gritar y patalear por algo que lo moleste, se queda en blanco, tieso por dentro y por fuera, y no contesta lo que le preguntamos, ni siquiera conseguimos hacerlo pestañear. Por primera vez en mucho rato había dejado de chequear la brújula para quedarse como se quedaba él: mirando lo que nadie más veía. Fui corriendo a su lado.

—No te alejes, Nelsito, ven para acá con nosotros.

Iba a cogerlo del brazo cuando sentí dos poderosos ronquidos. Busqué de dónde provenían y entonces vi a los puercos, tres que parecían familia, la madre gordota con los dos marranitos, escarbando junto a un cactus. A veces, la más grande levantaba la cabeza y olfateaba el aire, como si presintiera que había seres humanos muy cerca.

—Voy a avisarle a Landi —dije bajito, sin saber exactamente por qué debía avisarle que había puercos en los alrededores.

Por suerte, Landi y Tolio venían ya a nuestro encuentro. Les hice señas para que no hicieran ruido y les mostré el lugar donde los puercos seguían escarbando.

—Están comiendo raíces de higos chumbos —susurró Landi—. Cuando no encuentran huevos de iguana, que es lo que más les gusta, abren hoyos para coger esas raíces.

Me empezaba a preocupar por Nelson. Cada vez que se ponía así, «ido del mundo», podía durar una o dos horas sin hacer caso ni decir ni pío.

El calor era tal, que Landi abrió una botellita de agua para que bebiéramos. A Nelson le acerqué el pico de la botella con la esperanza de que tomara un sorbo, pero no reaccionó. Parecía un muñeco al que se le podía dar cuerda o guardar dentro de un cajón.

—¿Qué le pasa? —preguntó Landi—. ¿Por qué se pone trinco?

No le contesté. No podía contestarle nada porque ni yo mismo lo sabía. Además, ellos tenían la culpa por haber insistido en que Nelson nos acompañara. Ahora me preguntaba si lo tendríamos que empujar, cogerlo de la mano y arrastrarlo por los caminos. Cuando se ponía así, tampoco caminaba

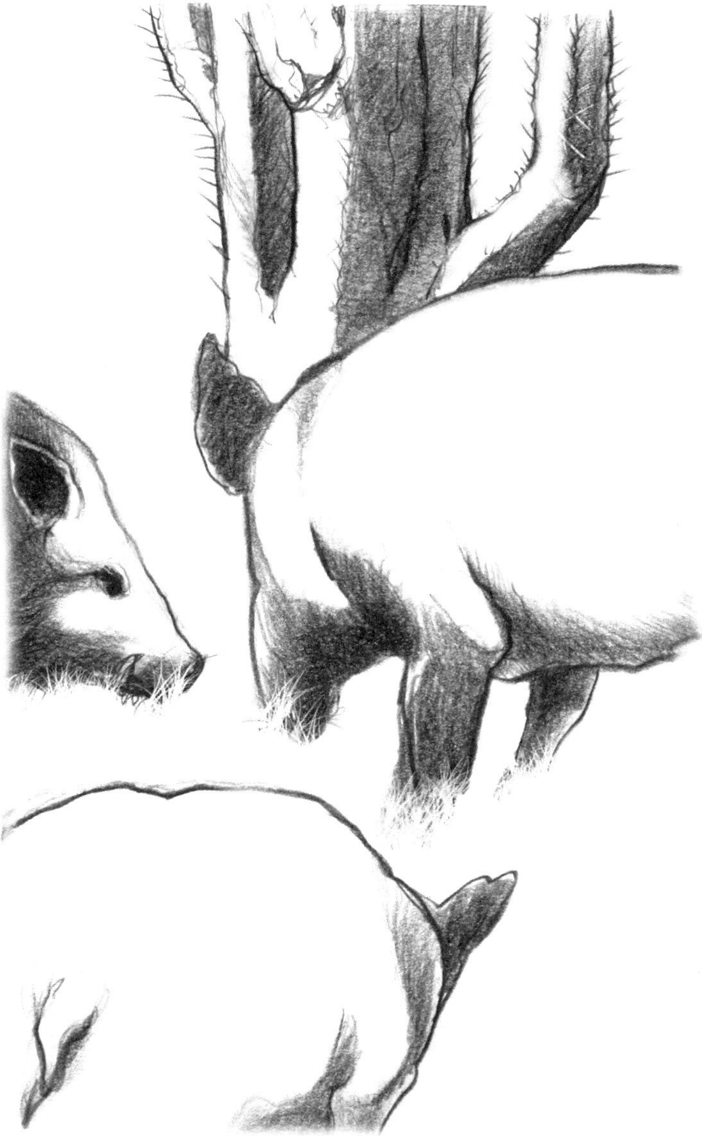

bien, sino que avanzaba dando unos saltitos, como si llevara los pies amarrados.

—¡Sangre, *brother*, todo esto es sangre...!

Tolio había alzado la voz y los puercos echaron a correr asustados. Nelson se despertó, uno se daba cuenta cuando volvía en sí porque pestañeaba rápido y sacudía la cabeza. Su primera reacción fue mirar la brújula y declarar que los puercos habían cogido hacia el Noroeste.

—¿Pero qué vaina es esta?

Tolio estaba tan nervioso que parecía estar bailando una danza ritual de alguna tribu indígena. Se acercaba y se apartaba como si la enorme mancha de sangre, todavía fresca, amenazara con saltar sobre él.

—Es sangre, sí —confirmó Landi—. Y es de ahora mismo. ¿No ven como se está secando?

Yo sentí un nudo en la garganta, me saqué la gorra y miré al cielo: lo vi lleno de burbujas, hirviendo, sin pájaros, sin azul ni nubes, borboteando todo ese vapor que empezaba a calcinarnos vivos.

—¿Dónde diantre está Javier? —pregunté, como si no supiera que ninguno de ellos podía contestar.

—¡Javieeer, Leodáaan!

Nelson sudaba, pero estaba tranquilo. Me acordé de mi papá, que siempre nos decía que no era nada malo tener miedo, que lo malo de verdad era desesperarse y no pensar las cosas. Pero ¿cómo ponerse a pensar bajo ese sol, sin saber dónde estaba Javier ni de quién era esa sangre que poco a poco se iba volviendo oscura como chocolate?

—Tenemos que comer —chillé, cuando uno está nervioso chilla—. Tengo que darle de comer a mi hermano.

Sacamos las galletas y las latas de atún. Tolio, Nelson y yo comimos; Landi apenas probó su ración.

—Cómete al menos este chocolate —le dije—, van a derretirse todos.

De pronto, se oyó una música de reguetón y me di cuenta de que venía de la mochila de Javier. En algún momento, antes de salir de la cueva, él había prendido su celular, aunque Landi nos había aconsejado que los mantuviéramos apagados. Tolio abrió la mochila y cogió el celular, pero no lo contestó. Miré a Landi para ver qué hacíamos.

Pero él se había sentado en el suelo, con la boca toda embarrada de chocolate, cogiendo y botando aire como si tuviera un ataque de asma. Yo soy asmático y sé que cuando eso pasa, uno quiere tragarse todo el aire que está a su alrededor y se desespera porque es como si el aire se volviera piedra, una piedra invisible que no puede entrar por la nariz ni por la boca. Me agaché junto a él y le pregunté qué le estaba pasando.

—Es que estoy mareado —dijo bajito, tan bajito que casi no lo podía oír—. Me marea la sangre.

En ese momento hubiera querido volver al sueño de la chiringa. Los de mi edad ya no empinábamos chiringas, yo en el sueño lo había hecho por Nelson, como tantas otras cosas que hacía por él, cosas que eran de chamaquitos, para tenerlo contento y que no se emperrara.

Este otro sueño que me parecía estar soñando allí no me gustaba nada: Javier, desaparecido; Landi mareado; Tolio moviéndose sin ton ni son, llamando todavía a Leodán, y Nelson contando brújulas, porque los cobitos que habíamos visto en la cueva salían a juntarse con nuevos ejércitos de cobos que llegaban desde otros rumbos.

Abrí un jugo para Landi y se lo acerqué a la boca. Fue cuestión de segundos, Landi tragó un poquito y le dije que tomara más. El grito de Nelson nos paralizó a los dos, sólo mi mano se siguió moviendo, temblando sin control, porque por la manera en que mi hermano había gritado, yo sabía que alguien lo había atrapado y lo aguantaba duro. Tiré el jugo y me di vuelta: un hombre tenía a Nelson cogido por los brazos y yo corrí hacia ellos, gritándole que lo soltara.

—Párate ahí —me dijo el hombre y entonces empezó a jamaquear a Nelson—. Y tú cállate, demonio, cállate.

Pero Nelson seguía soltando aquellos alaridos, uno detrás del otro, más duros mientras más lo jamaqueaban.

—Si lo suelta, él se calla —le dije al hombre, aprovechando la pausa entre un grito y otro.

Me hizo caso y soltó a Nelson, que corrió hacia mí, pero no me abrazó. Yo tampoco lo hice porque sabía que en ese momento no lo debía tocar. El hombre abocinó sus manos en la boca y gritó en dirección a unos arbustos:

—¡Pulpo, son todos muchachos, trae al otro para acá!

Apareció el tal Pulpo: era un hombre bajito, con unos brazos largos y como descoyuntados que parecían tentáculos. Javier apareció detrás de él.

—¡Javier! —exclamó Tolio—, ¿qué te pasó?

Javier no contestó. Pulpo caminó hacia nosotros, tenía una pistola en la mano:

—Saquen los celulares, rápido, los quiero toditos en esta bolsa.

Tiró una bolsa al suelo, pero nadie se movió. Landi ya no parecía estar tan mareado. Se levantó y miró a los hombres:

—Ustedes no son *rangers*.

—Claro que no somos *rangers* —sonrió Pulpo—. Saquen los celulares o les pego un balazo aquí mismo.

Landi dijo que sí con la cabeza; nos hizo seña de que obedeciéramos. Abrimos las mochilas y sacamos los celulares apagados. Sólo el de Javier volvió a sonar, había sonado mucho, alguien lo seguía llamando quién sabe si desde Cabo Rojo.

—Ahora vamos para la lancha —rugió el amigo de Pulpo—. Y ni piensen en escapar, no tienen para dónde ir.

—¿Ustedes no andan con Leodán?

Los dos hombres se viraron hacia Tolio:

—¿Leodán? Leodán... ¿Ese no fue el que tiramos a los tiburones?

Antes de que pudiéramos darnos cuenta, Tolio se le fue encima a Pulpo, que sólo tuvo que alzar sus dos descomunales brazos para detenerlo, tirarlo contra el suelo y ponerle el cañón de la pistola en la frente.

—Óyeme bien —resopló—, la próxima te enfrío... Vamos rápido para la lancha.

Ayudé a Tolio a levantarse. Lo oía decir: «Leodán, Leodán», y noté que empezaban a correrle lágrimas.

—Eso es un embuste de ellos, Tolio. Leodán seguro se escapó.

Comprendí que no me escuchaba. Seguía llamando a su hermano Leodán, pero tan bajito y tan triste que daba la impresión de que llamara a un fantasma.

—Vamos al Este —informó Nelson, que caminaba mucho más tranquilo—. Al Este sin brújula. Ya no tengo brújula.

Fue cuando me di cuenta de que la había perdido. Inútil preguntarle dónde la había dejado. Mucho tiempo después me confesó que la había visto convertirse en cobo y sumarse al ejército, una más dentro de la cobada.

6 «My name was Captain Kidd»

Para volver a la lancha, teníamos que recorrer de nuevo todo el Camino del Infierno. Delante de nosotros iba aquel hombre a quien llamaban Pulpo y detrás iba el otro, el más cruel de los dos, al que Pulpo en un momento dado había llamado Gato.

Caminando entre ellos íbamos nosotros cinco. Javier como siempre rezagado, aunque ya se le había pasado el efecto de las manzanitas venenosas y era capaz de hablar. Su voz por momentos se apagaba, pero podíamos entenderlo.

Por el camino nos fue contando lo que le había pasado mientras nosotros buscábamos a Leodán. Dijo que aquellos hombres habían entrado de repente en la cueva, y que tan pronto él se dio cuenta, prendió su celular para llamarnos. Pero que al final tuvo que meterlo de nuevo en la mochila sin llegar a usarlo, pues aquellos hombres lo habían descubierto y se habían puesto a interrogarlo, queriendo que él les dijera, sobre todo, si había algún vigilante en el grupo. La mochila la había dejado abandonada a propósito, para que supiéramos que él no se había ido por su voluntad.

Landi le preguntó por el charco de sangre que habíamos visto fuera y Javier dijo que seguramente era de un puerco que los hombres habían matado allí. Al parecer, ellos llevaban varios días escondidos en Mona y les había oído decir que necesitaban una lancha para volver a la República. Los dos habían salido de Boca de Yuma con pasajeros clandestinos que habían dejado en Puerto Rico, pero al regreso los había cogido un mal tiempo. Lograron llegar hasta la playa, pero la lancha se les hundió con la resaca.

—Ahora quieren llevarse la de tu papá —explicó Javier—. Y a nosotros nos llevarán con ellos, nos soltarán en Dominicana o en medio del mar cuando salgamos.

—Claro que no nos llevarán —susurró Tolio—. Nos dejarán aquí.

—¿Y los celulares? —pregunté pensando que no podríamos llamar a nadie si se llevaban nuestros celulares.

—Eso sí se lo van a llevar —afirmó Tolio y a mí me dio un escalofrío.

—¿Qué tanta vaina están hablando ahí? —gritó de pronto Pulpo—. Caminen callados, carajo, que hace mucho calor.

—Las mochilas y el agua —añadió Tolio—, se lo llevarán todo en la lancha.

—¿Qué tú dices? —Landi levantó la voz, pero enseguida se dio cuenta y volvió a los susurros—. No podemos dejar que se lleven la Golondrina, habrá que ir pensando en algo.

—¿Ustedes no entienden, muchachos del demonio? —rugió el hombre al que llamaban Gato, que venía detrás de nosotros—. ¿No les dijo Pulpo que cerraran el pico? Si siguen hablando, los rajo como rajé al puerco.

Nelson se detuvo y sentí miedo.

—Nelsito, tira pa'lante, sigue...

Abrió la mano y me mostró un cobito:

—Vamos al Este Sureste. No quiero que me rajen.

—Cállate y sigue caminando.

Gato apretó el paso y vino hacia nosotros, cogió a Nelson por los brazos y lo alzó como si fuera un pollo:

—¿Quieres que te dejemos amarrado a un árbol?

Me abalancé sobre ellos para liberar a mi hermano, pero Gato me tiró una patada y caí al suelo.

—¿No está viendo que es un chamaquito? —le dije a punto de echarme a llorar—. ¡Suéltelo, por favor!

Pulpo vino hacia el grupo con la pistola en alto.

Tolio me ayudó a levantarme. Me había raspado un codo, pero nada me dolía, nada me importaba, porque toda mi atención estaba puesta en Nelson y en la manera tan rara en que había reaccionado. Contrario a lo que yo pensaba, no había soltado uno de aquellos gritos que acostumbraba soltar cuando lo agarraban por sorpresa. Mi preocupación, ahora, era que mi hermano estuviera enfermo, más ido del mundo de lo que se iba otras veces. Y que cuando regresáramos a casa, mi mamá dijera que era culpa mía.

—Nelsito —susurré—. Tranquilo... Te va a soltar y cogemos pa'l Este.

Gato lo soltó, más bien lo lanzó contra el suelo, pero Nelson, después de tambalearse un poco, se las arregló para quedar en pie. Aún tenía el cobito en la mano y se lo llevó a los labios. Hasta Gato parecía estar sorprendido con las cosas que hacía mi hermano: pienso que creyó que Nelson iba a besar la concha, o que se la iba a meter en la boca. Pero no hizo nada de eso, susurró unas palabras y luego puso el cobito en el camino.

—Lo que le dije —sonrió Nelson, viéndolo alejarse—. Le pedí que fuera hacia el Noreste y allá va.

—Déjense de pendejadas y caminen —ordenó Pulpo, moviéndose de nuevo al frente para encabezar la marcha.

El calor venía de arriba, del sol de plomo que nos caía parejo, como una manta de vapor que nos cubría. Pero también venía de abajo, un fuego que salía de la tierra, trepaba por las piernas y nos cocinaba por dentro. En el centro se unían aquellas dos bandas de calor, y por eso nos parecía que el corazón nos iba a estallar.

Pasaba del mediodía y se me ocurrió que ya en Cabo Rojo estarían buscándonos. No tardarían en descubrir que nos habíamos llevado la lancha del papá de Landi. Al principio pensarían que nos habíamos ido por ahí, a pescar o a divertirnos en alguna playa. Pero cuando la mamá de Tolio empezara a atar cabos y contara que su hijo andaba preocupado porque a Leodán lo habían dejado abandonado en Mona, todos se darían cuenta de que habíamos ido a rescatarlo. Saldrían desde Cabo Rojo en otras lanchas para recogernos y avisarían a los vigilantes. Gato y Pulpo serían arrestados antes de que pudieran llevarse la Golondrina. Eso me dio tanta alegría que reaccioné en voz alta:

—Van a venir, ¡ya vienen!

Landi me miró de reojo:

—Se te está calentando la cabeza, loco, toma un poco de agua.

Me quedaba en realidad muy poca agua y se la estaba guardando a Nelson, que había bebido toda la que tenía en su mochila: cuatro botellitas en total. Calculé que en poco tiempo estaríamos de nuevo en Pájaros y podríamos coger de la reserva de agua que habíamos dejado en la lancha: una caja completa.

Javier, detrás de mí, arrastraba los pies. De pronto se detuvo a vomitar y Landi me pidió que le diera de beber.

—Sólo me queda esta —le dije, mostrándole el chispito que quedaba en la botella.

—Trae para acá —exclamó Gato a la vez que me daba un zarpazo. Acababa de descubrir por qué lo llamaban de esa forma.

—Devuélvame el agua —dije sintiendo que me costaba respirar, no sabía si por el calor o por el coraje.

—Ven a buscarla —contestó Gato, y se la tragó de un sorbo.

Entre tanto, Tolio había sacado su cantimplora, a la que le quedaban unas gotas, y se la entregó a

Javier, que la bebió como un desesperado, como si tuviera miedo de que a él también le largaran un zarpazo.

—¿Les queda algo más? —preguntó Gato.

Nadie le respondió.

—Abran las mochilas.

Yo tiré la mía al suelo y Gato me cogió por una oreja.

—Recógela y enséñame lo que tienes dentro.

Lo obedecí y saqué la linterna, una camiseta limpia, las dos latas de jamonilla que me quedaban y los chocolates derretidos. Se me cayó, sin querer, la foto de mi novia, Sandra.

—Esto no es agua —se relamió Gato, recogiéndola del suelo—, pero te hace la boca agua.

—Déjela —me oí decir, porque tuve la sensación de que no hablaba yo, de que ya no controlaba mi lengua y de que mi cerebro no había dado la orden—. Deme la foto.

—Ahí la tienes —dijo Gato tirándola al suelo—. Seguimos Pulpo, no tienen gota de agua.

Por suerte, Playa Pájaros apareció a los pocos minutos. El mar delante de nosotros nos reanimó, sentí que respiraba mejor y noté que Landi suspiraba aliviado. Tolio seguía decaído, seguramente preguntándose si aquellos hombres en verdad habían acabado con su hermano Leodán.

—Un poco más hacia el Norte —susurró Nelson—, allá dejamos la lancha.

Le hice señas de que se callara. Pulpo dio el alto y dijo que él se iba a adelantar para asegurarse de que no hubiera vigilantes en los alrededores. Gato se quedaría pendiente de nosotros.

—Si alguno se mueve —le recomendó a su compinche—, me le metes dos plomos.

—Ellos ya me conocen —sonrió Gato—, no se van a mover.

Pulpo se alejó y Gato nos mandó a que nos sentáramos bajo unos arbustos. Mientras nos acomodábamos, tratando de evitar el castigo directo del sol, Gato le preguntó a Landi cuántos motores tenía la lancha en la que habíamos viajado. Landi contestó la verdad:

—Dos.

—Y seguro tiene el tanque lleno, ¿no es verdad?

Nelson, que había dado una vuelta alrededor de los arbustos, fue directo hacia donde estaba Gato y extendió la mano, ofreciéndole algo que yo no pude ver. Me imaginé que era otro cobo, me incorporé para explicarle al hombre que mi hermano tenía una condición, pero era tarde. Fue cuando descubrí que lo que le ofrecía era una manzanita.

—¿Me la estás regalando? —se sorprendió Gato—, ¿de verdad quieres que me la coma yo?

Nelson asintió. Gato tomó la fruta, hizo ademán de llevársela a la boca sin dejar de mirar a mi hermano y, sorpresivamente, lo agarró por un brazo y lo derribó en el suelo:

—Te la vas a tragar ahora mismo, cabrón, cómetela toda.

Me lancé sobre ellos. Hubo un momento de confusión en que Tolio se metió entre nosotros y de algún modo rescató a mi hermano.

—Déjalo, *brother* —le dijo a Gato—. El muchachito es loco.

—¡No soy loco! —gritó Nelson.

Durante el forcejeo, Gato me había dado un codazo en la oreja. Quedé atontado por el dolor y pensé que ni Javier ni yo podríamos aguantar una nueva caminata a ninguna parte. Javier, porque necesitaba beber algún líquido, y yo, porque todo me daba vueltas y empezaba a ver luces y puntos negros.

—*My name was Captain Kidd.*

No fue una voz, sino una especie de trueno.

Gato miró a su alrededor, buscando de dónde había salido, quién era el que había dicho esas palabras. Yo no tuve que hacerlo porque sabía que esa voz, cavernosa y oscura, inexplicablemente había salido de los propios labios de mi hermano.

—*My name was Captain Kidd... when I sailed, when I sailed.*

—¿Te comiste algo, Nelsito?

Pensé que había tragado sin querer un trocito de cáscara, una gota del jugo de la manzanita, y que por tal razón su voz había cambiado y además su mente. Pronto se le dormiría la lengua, igual que le había pasado a Javier.

—Escupe, Nelsito —le imploré—. Coge toda la saliva que puedas y escúpela rápido.

Nelson no me contestó ni tampoco escupió. Se fue del mundo una vez más, me di cuenta por su gesto, por la mirada fija y la forma en que se le aflojaron los brazos. Estábamos muy cansados, pero sobre todo sedientos. Noté que Gato parecía inquieto y de vez en cuando miraba a mi hermano con bastante rabia.

—¿Sabes quién era el Capitán Kidd? —preguntó Landi, con los ojos cerrados porque no soportaba el resplandor del sol.

Le dije que no tenía ni idea.

—Un pirata. A mi papá le gusta hablar de los piratas, y una vez me contó que ese Capitán Kidd estuvo en Mona, vino en un barco lleno de oro que acababa de robarse.

—Estuvo Cofresí —murmuré, en el fondo asombrado de que mi hermano supiera de la existencia de ese Capitán Kidd.

—Eso fue mucho después —contestó Landi—. Primero fue el tal Kidd, se encontró con otros piratas cuando llegó a Sardinera, peleó con ellos y terminaron amarrándolo a uno de esos árboles que llaman «indio esnú».

Era extraño que Gato no nos hubiera mandado a callar. Me pareció que también estaba oyendo la extraña historia del Capitán Kidd.

—¿Sabes lo que pasa cuando te amarran pegadito a un «indio esnú»?... Que el cuerpo se hincha y la piel se despega, las tiras de pellejo van cayendo al suelo y se las comen los puercos, aunque cuando los puercos se las comen todas, empiezan a morder las piernas.

—¿Un pirata comido por los puercos? —pregunté porque sentí yo mismo los mordiscos.

—No se lo comieron, no, lo mordieron un poco nada más. Luego lo ahorcaron cuando volvió a

Inglaterra, y lo dejaron colgando muchos años, para que todo el mundo viera lo que les pasaba a los piratas que robaban el oro de los reyes.

—*I murdered William Moore, and laid him in his gore, when I sailed...*

Otra vez era Nelson. Y otra vez su voz y sus palabras nos sobresaltaron.

—¿Qué dice? —preguntó Tolio—. Yo no entiendo inglés...

—Dice que mató a William Moore —reaccionó Javier, que sabía más inglés que cualquiera de nosotros, pues de chiquito había vivido en Nueva York.

—Nelson tampoco sabe inglés —les aclaré yo a todos.

Javier se encogió de hombros.

—Pues parece que sí sabe. Lo habla como un viejo. Dijo que mató a William Moore y que lo dejó tendido en su sangre.

Gato se puso de pie, escupió y miró al sendero por donde Pulpo había desaparecido. Nos dimos cuenta de que Pulpo tardaba demasiado; si en verdad sólo quería ver si el camino estaba libre y no había vigilantes en los alrededores, no había motivo para que no hubiese vuelto.

—¿Y si ese se llevó la lancha? —preguntó Tolio en voz alta.

Era una posibilidad. Pulpo tenía la llave y además tenía nuestros celulares. Miré a Gato para ver su reacción. Se había sacado la gorra y vi que en su cabeza rapada había algunas marcas, de golpes o de picaduras. Se sonó la nariz con los dedos y luego sacudió la mano. Cuando se volvió hacia nosotros tenía todo el bigote embarrado de mocos.

—Vamos a buscar a Pulpo. Muévanse...

—Nos levantamos más muertos que vivos. Yo cogí a Nelson por una mano y Javier se recostó de Tolio. Gato anunció que iría delante, pero que no nos atreviéramos a correr ni a escondernos en ninguna parte. Lo decía por gusto, ninguno de nosotros podía ya correr, ¿hacia dónde?, y mucho menos yo, que tenía que arrastrar a mi hermano.

—Seguro que nos están buscando —le dije a Nelson, más por darme ánimos a mí que por dárselos a él, pues ni siquiera me escuchaba.

Entonces lo vi, detrás de un cactus. Era un hombre trigueño y bajito, en nada parecido a Pulpo, pero por un momento pensé que era Pulpo. Al notar que lo estaba mirando, me hizo señas de que me callara. Iba a avisarle a Landi, pero no me dio tiempo porque el hombre salió de su escondite, pasó a nuestro lado y saltó como un tigre sobre Gato.

—No es Leodán —chilló Tolio, como si nos adivinara el pensamiento.

Se oyó un aullido corto y enseguida otro largo, duro, afilado. Fue un sonido que voló bajito, yo lo sentí pasar junto a mi oreja y reventar muy cerca. Me salpicaron cristales invisibles y el mundo se apagó con una musiquita loca.

7 Lo que sueñan los pájaros

Voy volando por encima de Mona.

Planeando suave junto al acantilado, que es la pared que Dios cortó de un tajo, ¡zas!, de arriba abajo, esa pared de piedra, hundiéndose en el agua como si en ese punto se acabara el mundo.

En el acantilado duermen miles de pájaros salvajes, aves que sueñan con pescaditos rojos. Nunca me había pasado nada tan extraño: no conozco a muchos de esos pájaros, no los he visto en mi vida. Pero sé sus nombres porque ellos mismos se presentan, sin hablar y sin abrir el pico, como si me mandaran un mensaje, un letrerito que yo voy leyendo: tú eres el Águila de Mar, le digo al Águila de Mar; y tú, el Cormorán, le digo al Cormorán, y tú... ¡tú eres un Pato Pescuecilargo!

Nada más decir Pescuecilargo, me orino de la risa.

Una gaviota oscura, muy diferente de las que conozco, llega de pronto y se pone a volar al lado mío. Me mira sorprendida, porque seguro que le parezco una chiringa. Es más, creo que soy una chiringa de un color que no existe, ni verde ni amarilla. Soy transparente y le entro por los ojos a la chiriría y al pato chorizo; al rabijunco y a la mariquita. Asomándome a los ojos de todos esos pájaros, me entero rápido de lo que están soñando.

La mariquita sueña con un país sin tordos. Y yo miro pasar su sueño como si fuera una película:

Primero aparece la hembra del tordo, mira para todos lados para estar segura de que no la ven, y se mete dentro del nido ajeno. Uno por uno, bota los huevos de la mariquita y, sin pedir permiso, empieza a poner los huevos suyos. Más tarde, cuando los pichones nacen, la mariquita se entera del engaño: esos no son sus hijos, pero ella tiene un corazón muy grande y los alimenta para que no se mueran. Es por eso que la mariquita sueña con un mundo donde no existan tordos, o que si existen, hagan sus propios nidos y no pongan los huevos en los nidos ajenos para que los calienten otros.

Alguien grita mi nombre: «¡Román, Román, Romáaaaan!».

Miro para todos lados para ver quién me llama. No es la gaviota, seguro que no es ella. Ni tampoco ese pájaro que vuela cerca y es el más cómico de todos, pues tiene cara de bulldog. Como sabe que lo estoy mirando, manda un mensaje a mi cerebro: «No soy un pájaro, estúpido, no me confundas».

Yo le contesto de la misma forma: «Si no eres pájaro, ¿puedo ver con qué sueñas?».

Eso le da coraje y da una vuelta de carnero en el aire: «¡Soy murciélago, y por si no lo sabes, los sueños de los murciélagos no los puede ver nadie!». Luego se lanza al mar como una flecha, hunde sus garras en el agua y de inmediato sale con su pescadito, que es sardina o chicharra, desde lo alto no distingo bien. «Tan feo y tan comelón», se burla la gaviota. «En una sola noche, ese maldito murciélago se come cuarenta pescaditos vivos, ¡cuarenta con cabeza y cola!».

Las chiringas no se ríen, a menos que les pinten una boca con dientes. Yo soy una chiringa en blanco, pero me entra una risa que apenas puedo controlar, porque en verdad el murciélago es muy feo. Más feo que el vendedor de límbers que a veces pasa por la escuela y al que los tipos de mi clase llaman «Freddy Krueger».

Al pensar en los límbers, me dan ganas de comerme uno, el de guayaba que le gusta a Nelson, pero que a mí siempre me ha sabido a fresa. Con la sed que tengo, después de haber volado tanto, me comería tantos límbers como pescados se come ese murciélago.

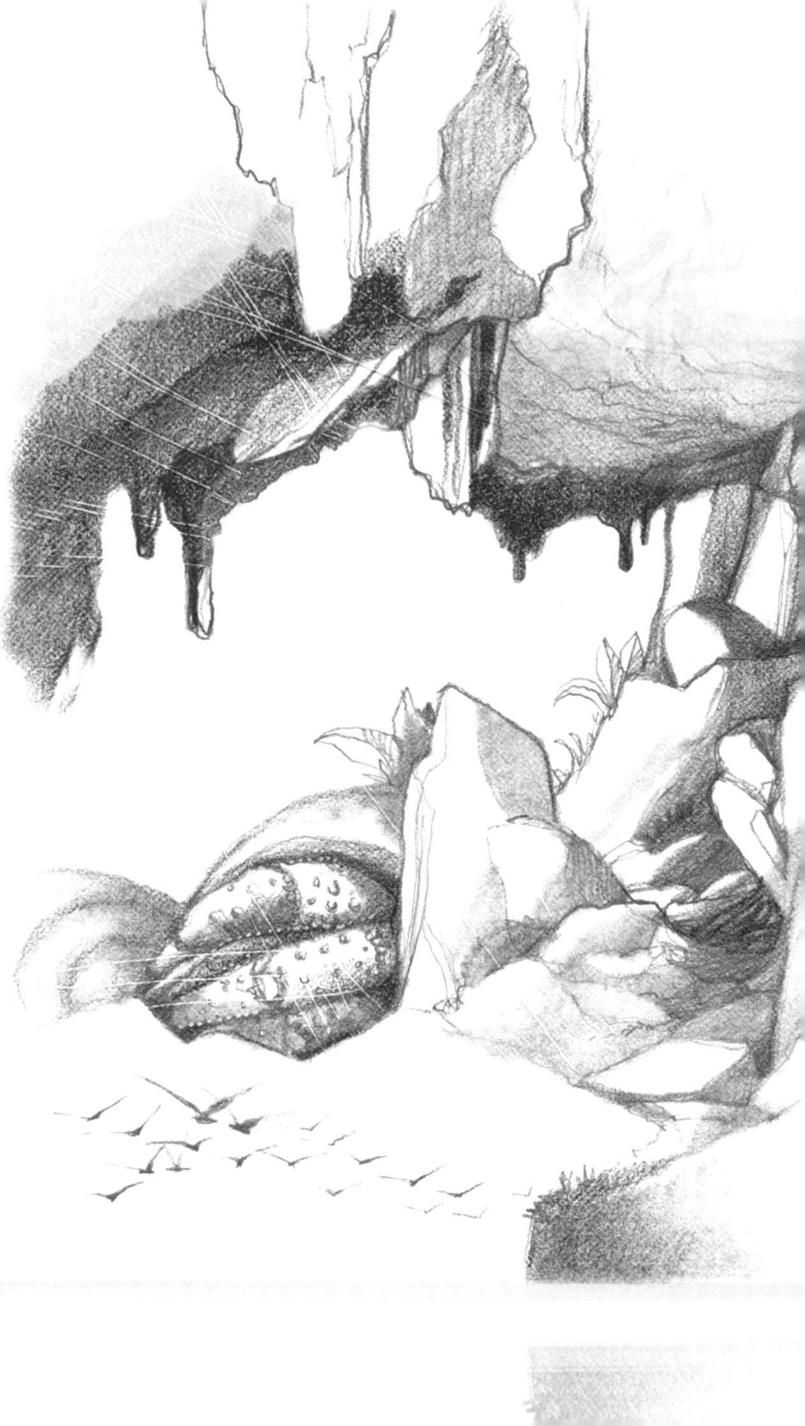

—Román, Román, ¡despiértate!

Me llaman otra vez. Miro hacia abajo, no tengo brújula y ni siquiera un cobo que me señale el rumbo, pero algo me dice que estoy sobrevolando el lado sur de Mona. Hay una línea de arrecifes que baja hacia lo más profundo y rompe el fondo del mar: es la fosa de la que a cada rato nos habla la maestra, el gran abismo que nadie sabe dónde acaba ni lo que tiene dentro. Cuando vuelva a clases, no se me puede olvidar decir que la vi.

—Román, vámonos, ¡tenemos que irnos!

Me gustaría seguir volando junto con la gaviota, pero ella tiene miedo de esas voces que le llegan nítidas. Mira desorientada a todas partes y por primera vez saca un chillido largo, que es el despertador del resto de los pájaros. Me doy cuenta de que estoy aterrizando y cierro los ojos para no ver cómo se acerca esa pared de miedo que es el acantilado.

Cuando vuelvo a abrirlos, estoy en el suelo, rodeado de mis tres amigos: Landi, Tolio y Javier, y de mi hermano Nelson, que nunca se ríe, pero increíblemente se está riendo ahora.

—¡Qué bueno que te despertaste, loco! Párate, tenemos que irnos.

Estoy mareado, tengo la boca seca y lo único que de verdad me gustaría es volverme a convertir en la chiringa que era. Aunque hablo despacito y raro, me atrevo a preguntarlo:

—¿No han visto una gaviota?

—No hay ninguna gaviota por aquí —responde Tolio—, vámonos antes de que se despierte Gato.

De pronto lo recuerdo todo: Gato peleaba con el hombre que salió de improviso de entre los arbustos. Al hombre ya no lo veo, pero Gato está tirado en el suelo, mucho más atontado que yo, sacándose del alma unos mugidos de dolor: uuujjj, uuujjjj, uuujjj.

—Ven para acá —susurra Nelson, halándome la camiseta para poder decirme algo al oído—. Yo la vi, la vi cuando te despertaste.

—¿Qué es lo que viste, Nelsito?

—La gaviota negra que tú dices. Pasó por aquí, volando hacia el Sureste.

A menudo Nelson me demuestra que es capaz de ver las cosas de otra forma, por su condición o lo que sea. Es transparente siempre, y puede colarse dentro del sueño de las demás personas.

—El tipo ese que salió del monte noqueó a Gato —cuenta Landi, ofreciéndome el brazo para que me apoye en él—, y se fue por ahí buscando a Pulpo porque también necesita una lancha para escapar de Mona. Van a pelear los dos por la Golondrina.

—¿A dónde vamos? —le pregunto, viendo que nos salimos del camino.

—A buscar otra cueva, ¿tú no ves que nos tenemos que esconder? Con tu hermano al lado, no nos perdemos nunca. Sabe todos los rumbos, tiene una brújula en el coco.

Nelson me mira, tendrá todas las brújulas que quiera dentro de su cabeza, pero en su corazón sólo es un chamaquito que quiere regresar a casa.

—¿Mami nos vendrá a buscar?

—Sí, Nelsito. Mami y el papá de Landi, que ya debe saber que cogimos la lancha para venir a Mona.

La cueva que escogemos está disimulada en la piedra, hay que esforzar la vista para saber que, detrás de la línea de cactus, está la boca de la gruta y que, al pasar la gruta, hay un pasillo con unos pocos charcos para calmar la sed. Landi la explora brevemente en compañía de Tolio y vuelve para decirnos que es segura.

Antes de entrar, le pregunto a Nelson si se fijó en el camino para regresar a Playa Pájaros. Dice que sí con la cabeza, pero lo noto triste.

—Y papi, ¿vendrá a buscarnos él?

—Él no puede, Nelsito. Acuérdate de que está en Irak. Va a venir cuando le den permiso.

No se emperra ni se va del mundo. Me da la mano para entrar en la cueva. Si mi mamá pudiera verlo, diría que parece otro, como cualquier nene sin su condición.

8 Historia de una aguja

Esa noche, en la cueva, fuimos los tipos más desesperados del mundo. Fuimos también los más tristes. En determinado momento, los más arrepentidos. Pero fuimos, sobre todo, los mejores amigos que podían existir.

Ya nunca volveríamos a ser tan amigos de ninguna otra persona, ni siquiera entre nosotros mismos, como lo fuimos durante aquellas horas en que tuvimos tanto miedo, hambre, picazón por todo el cuerpo, y una sed que no lograban aplacar las gotitas de agua que caían del techo y que atrapábamos con la lengua, como lagartijos que cazaban mariposas.

Nos acomodamos en un rincón al que llegaba luz, una luz blanda y pobre, pero que nos ahorraba encender las linternas. Pusimos camisetas bajo las goteras para poder refrescarnos la cara, el cuello por detrás, que tanto nos ardía. Lo malo es que tardaban mucho en enchumbarse. Intentamos jugar al «veo, veo», que era otro juego de chamaquitos, pero ni para eso teníamos ánimos. Chupamos los chocolates derretidos y compartimos la poquita comida que aún nos quedaba.

Cuando empezó a caer la noche, nos organizamos para dormir por turnos, queríamos que siempre hubiera alguien vigilando. A Nelson, por ser el menor —y por su condición, más que nada— lo dejábamos dormir todo el tiempo que quisiera. Aunque no nos veíamos las caras, yo estaba seguro de que mi hermano dormía con los ojos abiertos. Se me ocurrió que a lo mejor soñaba con que estaba en casa, metido en su cama, acariciando el último cobito que había conseguido atrapar: ¡la mejor brújula que tendría nunca!

El plan era el siguiente: esperar a que amaneciera para salir de la cueva y regresar a Playa Pájaros. Landi propuso que él y Tolio se adelantaran para averiguar qué había pasado con la lancha, si por fin Pulpo había logrado llevársela, o si el hombre que había golpeado a Gato se lo había impedido. Tolio comentó que era probable que los tres fueran compinches y se hubieran peleado por dinero. Ganaban muchos «cuartos» (usó esa palabra: cuartos) con el tráfico clandestino de inmigrantes, personas que daban todo lo que tenían para que los llevaran desde la República Dominicana a Puerto Rico.

Casi al amanecer, nos tocó a Tolio y a mí vigilar la entrada de la cueva. Landi, Javier y Nelson dormían en el interior, y el hijo de Anatolia aprovechó para decirme que estaba arrepentido de habernos metido en semejante lío y que nos tenía que pedir perdón.

Le dije que él no era culpable de nada. Que si había un culpable por allí era Pulpo.

—Yo le pedí a Landi que viniéramos a Mona —se avergonzó Tolio—. Por culpa mía se llevaron la Golondrina. Ahora lo van a castigar bien brutal.

Pensé, pero no le dije nada, que llevarse una lancha sin permiso era un delito, aunque fuera del papá de uno. Había que tener una licencia para moverla de un lado para otro, sobre todo cuando se trataba de una travesía tan difícil como era la de Cabo Rojo a Isla de Mona. Landi iba a tener más de un problema, y no sólo con su papá.

—Total —dijo bajito, se le notaba el taco en la garganta—, no encontramos ni rastro de Leodán. ¿Será verdad que lo tiraron al mar?

Lo consolé diciéndole que esos hombres ni siquiera conocían a su hermano, y que se habían inventado aquella historia para hacerlo sufrir. Él bajó la cabeza y me di cuenta de que soltaba muchas lágrimas. Por animarlo, le dije que no estaban las cosas para estar botando el agua.

—Me salen aunque yo no quiera —dijo Tolio, secándose la cara con la mano y lamiendo sus propias lágrimas, que era como meterse más tristeza en el cuerpo.

A mí me dieron ganas de llorar también, pero no por Leodán, sino por todo lo que nos había pasado y además por Tolio, porque sabía cómo tenía que estar sintiéndose por dentro.

—Ya perdí las esperanzas de encontrarlo aquí. ¿Cómo se lo digo a mi mamá?

Le eché el brazo por encima y lo dejé llorar otra vez sin recordarle que tenía que ahorrarse esas lágrimas, pues luego costaba mucho abrir la boca y agarrar en el aire las gotitas de agua que caían del techo.

Estaba amaneciendo cuando Landi se despertó y vino a hacernos compañía. Dijo que, tan pronto saliéramos de la cueva, teníamos que dejar algunas pistas, unos cantitos de tela entre los arbustos, pues así cuando nos vinieran a buscar, sabrían por dónde andábamos.

Prácticamente era de día cuando oímos un sonido que Tolio enseguida adivinó que era el de un cabro. Cuando vivía en Jimaní tenía montones de cabros, y conocía mejor que nadie el sonido que acostumbraban hacer cuando arrancaban hojas, era como un suspiro de contentura, algo así como un horch, horch, hoooooorch.

—Si no vienen a buscarnos hoy, puedo matar un cabro y nos lo comemos.

Landi le contestó que era imposible agarrar uno de aquellos animales. Los cazadores les tiraban, y ésa era la única forma de cogerlos. Me adelanté tratando de no hacer ruido con mis pasos y miré hacia fuera:

—No es un cabro —grité—. Vengan y miren esto...

Desde la entrada de la cueva, lo veíamos claramente. Estaba sentado bajo un arbusto y el sonido que habíamos oído era el de sus pulmones: el hombre que había atacado a Gato y que luego había partido en busca de Pulpo se había dado por vencido allí, no podía dar ni un paso porque la sed y el calor lo estaban matando.

—Vamos a preguntarle si encontró a Pulpo —propuso Landi—. Ya no nos puede hacer nada, no nos puede robar nada.

Fuimos a su lado. Tenía una mueca en la cara y tan pronto nos vio preguntó si teníamos agua. Tolio le respondió que si entraba a la cueva podía beber de unos charquitos, o podía poner la camisa para que se entripara y luego exprimirla en su boca.

Lo ayudamos a levantarse, no aguantaba más la falta de agua. Le preguntamos cómo se llamaba:

—Juan Pedro —respondió con esfuerzo, tenía la lengua afuera—, pero me dicen Pino.

Una vez dentro de la cueva, se tiró sobre los pequeños charcos para beber como un perrito. Iba de un charco a otro en cuatro patas. Tolio y yo nos miramos, y yo fui el que hablé:

—Queremos que nos diga si encontró la lancha.

El hombre siguió bebiendo con desesperación, sin hacernos caso.

—¿Vio a Pulpo? ¿Sabe si se llevó la lancha?

Seguía en cuatro patas, lamiendo de vez en cuando el suelo, y afirmó con la cabeza.

—La lancha se la llevó. No podemos salir de aquí.

Landi reaccionó rápido:

—Tenemos que ir a Pájaros. Si vienen a buscarnos, llegarán por Pájaros.

—No vayan —dijo Pino—. Gato está armado y anda por allá. Sigue en Pájaros porque piensa que Pulpo volverá para recogerlo.

Tolio se agachó a su lado:

—¿Tú viniste con ellos?

—Vine —respondió—. Desde Boca de Yuma. Cuando llevábamos unas horas navegando, la yola empezó a dar problemas. Nos bajaron a tres, porque se les iba de lado. Fueron a Puerto Rico, dejaron a los que dejaron, y al regreso pararon otra vez aquí. Fue entonces que empezó a llover, había unas ráfagas muy fuertes y la lancha se les fue al demonio.

Tolio lo cogió por un brazo:

—¿Sabes si bajaron a uno que se llama Leodán?

Pino alzó la cabeza y miró a Tolio con curiosidad:

—¿Leodán?... Leodán... No, ninguno se llamaba Leodán. Uno era Carlos y el otro Dany. Aunque para estos viajes, a veces se cambian el nombre.

—¿Y qué pasó con los otros dos?

—No lo sé —repuso Pino—. Nos separamos en una vereda. Si no encontraron una cueva como esta, ya se murieron de sed.

Nelson se había despertado y vino a mi lado. Me enseñó un caracol que tenía en la mano.

—Esto no es una brújula —dijo.

—Claro que no, Nelsito. Los cobos son las brújulas, y los caracoles son sólo caracoles. Ese es un caracol que fabricó su propia concha, no se la quitó a nadie ni peleó por ella.

Volvimos a la entrada de la cueva y Tolio le preguntó a Pino que a qué se dedicaba en Dominicana.

—Soy ayudante de sastre —contestó—. Pero mejor me hubiera quedado en Miches, que es mi pueblo. Traje esta aguja para que me diera suerte. Era de un sastre que además trabajaba en un circo. La aguja la usaba lo mismo para coser que para un número de magia. Se desaparece cuando quiere, y vuelve sola.

Nos acercamos para mirar la aguja.

—Nadie me cree, pero a veces cose sin que le pongan hilo. Él se la regaló a mi abuelo y mi abuelo me la dio a mí. Gracias a ella, pude llegar hasta aquí y tomar agua.

Nelson extendió la mano con el caracol. Había que conocer bien a mi hermano para comprender que lo que estaba proponiendo era un trueque: Pino le daba la aguja y él le entregaba el caracol. Pero Pino cogió el caracol, rompió la concha y se comió la babosa.

—Tenemos que comer. Ustedes tienen que comer lo que sea, los caracoles son muy buenos.

Nelson se quedó con la mano extendida.

—Mi hermano quiere que le enseñe la aguja —le expliqué al hombre.

Un poco renuente, colocó la aguja en la mano de Nelson, que enseguida la cogió con dos dedos y la alzó para mirarla de cerca.

—Es una antena —le aseguró Pino—, más que una aguja, es una antena que recibe señales.

Era la clase de comentario que Nelson podía entender mejor que nadie. Si un cobo era una brújula, no tenía nada de extraño que una aguja fuera una antena.

—Ahora mismo está recibiendo una señal —añadió Pino, usando un tono misterioso—; mírenla cómo recibe ese hilito de luz que salta al cráneo, y hasta se oye una voz que llega desde el más allá.

—No en balde nadie te cree —lo desafió Javier—, ¿quién te va a creer esa loquera?

—No me importa que me creas o no —repuso tranquilamente Pino.

El cielo se había nublado casi por completo y Landi propuso que aprovecháramos para caminar hasta Pájaros.

—Qué importa que Gato esté allí. Nosotros somos cinco, no podrá con todos.

—Somos seis —aclaró Pino—, porque yo voy con ustedes.

Ya habíamos cogido la veredita que desemboca en el Camino del Infierno cuando Nelson nos heló con su grito:

—La antena... ¡Se fue!

Miré a Pino, que se quedó muy serio. Corrí a los pies de Nelson y le pedí que no se moviera, que la aguja tenía que haber caído al suelo y yo la iba a encontrar.

—No está en el suelo —dijo el hombre—. La tengo yo, sabe volar la carajita esta. Mírenla aquí...

La aguja estaba prendida a su camisa y brillaba con fuerza, como si estuviera riéndose.

9 Piratas bajo el aguacero

No había sol, eso es verdad. Pero el calor era más fuerte y todos teníamos la misma sensación: que nos estaban sancochando dentro de una olla. La tapa de la olla eran aquellos nubarrones bajos, grises, que parecían rellenos como de un fango espeso.

Landi prohibió que nos quitáramos las gorras, pues lo peor era la insolación, y aunque estuviera nublado, nos estábamos quemando igual. De paso, aconsejó que mantuviéramos la boca cerrada y no habláramos más que lo necesario, pues al hablar también perdíamos agua.

Seguro que tenía razón, porque al poco rato de dejar la cueva empezamos a sentirnos raros. Lo noté primero en Nelson, que volvió a sacar aquella voz tan áspera con la que el día anterior había dicho «My name was Captain Kidd». Esta vez sólo lanzó dos palabras:

—*Land ho!*

—¿Qué fue, Nelsito?, ¿qué estás diciendo?

Siguió marchando con la vista fija en el suelo.

—Son cosas de piratas —dijo Landi, sin despegar casi los labios—. Los piratas, cuando iban en los barcos y divisaban tierra, no gritaban «tierra», sino eso que tu hermano dice.

—*Land! Ho!*

Nelson parecía un sonámbulo, avanzaba medio dormido y lo malo era que no podía ofrecerle agua, no teníamos ni gota. Todavía estábamos bastante cerca de la cueva y me pregunté si no era mejor volver y esperar allí. Aunque eso también podía ser peligroso: abandonar al grupo y quedarnos solos, metidos en esa especie de horno, rodeados de culebras y de murciélagos dormidos.

No había salida. Es el peor sentimiento que puede tener una persona: caminas de aquí para allá, sin agua y sin comida, sintiendo que te hierven la sangre, los sesos y las tripas, y que hasta los ojos se te tuestan dentro de sus cuencas.

—Es por aquí...

Habíamos caminado unos minutos cuando nos topamos con un desvío que ninguno de nosotros recordaba haber visto el día anterior. Paramos para decidir cuál era el sendero correcto. Pino insistía en que, para llegar a Playa Pájaros, había que coger a la derecha, mientras que Tolio juraba que nunca nos habíamos desviado tanto y que teníamos que seguir por la izquierda.

—Y esta brújula ahora es un pirata —protestó Landi, refiriéndose a mi hermano en una forma que no me gustó.

—Nelson ni es una brújula ni es un pirata. Es mi hermano, cabrón, me lo respetas.

Landi vino hacia mí y me pegó un empujón. Si no lo respetaba, ¿qué?, ¿ah?, ¿qué?... Yo traté de pegarle un puño en el estómago y él me agarró por los brazos. Caímos al suelo tirándonos patadas y ni Tolio ni Javier, ni mucho menos ese hombre al que llamaban Pino, hicieron nada para separarnos. Me pareció que Nelson empezaba a llorar, pero sin lágrimas. Cuando se tiene tanta sed, el propio cuerpo ordena que se llore en seco.

Quise levantarme y pasaron minutos antes de que lo lograra, todos parecían indiferentes y nadie me ayudó. Por fin pude ponerme en pie y observé que a Landi le pasaba igual: se levantaba y volvía a caer, y enseguida lo intentaba de nuevo. Parecíamos fantasmas, perros desorientados en aquel camino, furiosos unos con otros.

—Si llueve nos salvamos —suspiró Pino, mirando al cielo.

Seguía nublado, y era seguro que iba a llover. Pero nosotros necesitábamos el agua cuanto antes.

Tolio era el más fuerte y nos animó a que siguiéramos un poquito más. Se acercó a Nelson y le preguntó por dónde había que ir. Nelson no respondió, pero arrastró los pies en la dirección que Tolio había dicho al principio. Entonces todos caminamos hacia allí, sabiendo que adelante estaba Pájaros. Ya no encontraríamos la lancha, a eso nos habíamos resignado, pero en la playa sería fácil que nos encontraran cuando vinieran a buscarnos desde Cabo Rojo.

Reanudamos la marcha, aunque no por mucho tiempo, ya que Javier tropezó y se cayó. Casi todos paramos, mirando simplemente al caído, ninguno sabía qué hacer. Sólo Pino siguió avanzando, pero no en línea recta, sino de un lado a otro, en zigzag como un borracho. Landi se acercó a unos arbustos y se tiró al suelo. Yo cogí a Nelson y lo empujé hacia el mismo lugar. Fue como un acuerdo que hicimos sin hablar: sentarnos todos juntos a esperar lo que fuera.

Tolio utilizó sus últimas energías ayudando a Javier. Aunque parecía imposible, logró que se pusiera de pie y se lo echó encima para sacarlo del camino y traerlo adonde estábamos nosotros. Sólo Pino seguía bailando solo, porque lo que hacía era como un baile, avanzando y retrocediendo con pasitos cortos. En una de esas que miró hacia atrás, nos dimos cuenta de que veía visiones y se le salían las babas.

—¿Qué están comiendo, carajitos?... ¿Eso no es pollo asado?

Ninguno contestó. Nadie podía hacerlo, no podíamos mover ni un dedo. Sólo Nelson, con el pecho agitado, me tocó en el hombro para que mirara algo: la aguja de Pino estaba otra vez en su mano. Casi se reía mientras me la enseñaba, pero Nelsito es duro para la risa.

Cogió la aguja otra vez por el lugar donde se enhebra y la dirigió hacia el cielo. Pino había vuelto a juntarse con nosotros, pero no entendía nada, no se daba cuenta de que su aguja estaba en otras manos.

Haciendo un esfuerzo muy grande y quejándose bajito, como si en lugar de levantar una aguja levantara la bola del mundo, Nelson subió poquito a poco el brazo. La aguja brilló en alto en el mismo instante en que se sintió el trueno. Un minuto después, reventó el aguacero y las gotas nos hincaron duro, en la piel de los brazos y en la misma cara. No tuvimos que hacer nada, no hubiéramos podido hacer otra cosa más que abrir la boca, echar la cabeza para atrás y recibir el agua que nos mandaba el cielo.

No sé cuánto tiempo estuvimos así. No podría decir si fueron minutos o fueron horas. Sólo sé que Landi, con más fuerza en la voz, gritó que miráramos al árbol, uno grande que sobresalía al otro lado del camino:

—Ahí están todos, recogiendo agua. ¿No los están viendo?

Miramos, pero no había nada.

—Son piratas, locos, ¡piratas!

Volvimos a esforzar la vista y entonces sí: eran seis hombres con las camisas sueltas, los pantalones a media pierna y los zapatos antiguos con hebillas. Todos tenían barba y pelo largo, unos mechones enredados que les chorreaban agua sucia. Algunos habían aprovechado para mojar las chaquetas, y fue quizá ese olor de las chaquetas húmedas el que me convenció de que eran piratas verdaderos.

El tiempo se detuvo, no corrió ni hacia adelante ni hacia atrás. Nosotros tampoco nos movimos. El agua caía toda furiosa, decidida a borrarnos o empujarnos fuera. Aquellos extraños seres, desde el otro lado, movieron las manos como si trataran de apartar una cortina para vernos mejor. Uno de ellos nos apuntó con su pistola, con ese cañoncito de los tiempos de antes que era idéntico a los que habíamos visto en las películas.

La cortina de lluvia se hizo más espesa y los piratas fueron quedando atrás para nosotros, y nosotros quedando lejos para todos ellos.

10 Adiós al Yankee Stadium

Despertar, lo que se dice abrir los ojos y entender lo que pasaba a mi alrededor, lo vine a hacer cuando llevaba unas horas en el hospital.

Allí supe que nos encontraron los *rangers*; que un helicóptero nos recogió y que tendríamos que estar un tiempo descansando, recibiendo mucho líquido, con el suero pegado al brazo día y noche.

Yo preguntaba todo el tiempo por Nelson, pero lo hacía entre sueños. Landi preguntaba por la Golondrina, la lancha que se había llevado sin permiso. Tolio preguntaba por Leodán y Javier, por las manzanitas; le dio con eso mientras deliraba. Nelson preguntó por su brújula, no se sabe si por la verdadera o por el último cobito que se había llevado escondido en el bolsillo.

Cuando volvimos a la casa, nos esperaba una carta de mi papá. Era una carta igual que todas, hablándonos de lo que había hecho ese día y además contándonos la historia de un perrito que habían adoptado en su batallón. Al final, sólo decía que se alegraba de que estuviéramos bien y que pronto se reuniría con nosotros.

A todos nos dieron algún castigo, también a Nelson, al que yo creo que nunca antes habían castigado.

La Golondrina fue recuperada, pues la pararon los de la Guardia Costanera cuando salía de Mona. En ella detuvieron a Pulpo, que primero dijo que la lancha era suya y luego confesó que se la había robado.

Casi al mismo tiempo, los vigilantes recibieron una llamada desde Cabo Rojo, avisándoles que podía haber cinco muchachos perdidos en la Isla de Mona. El propio Pulpo confesó que nos había visto y que llevaba nuestros celulares. Los vigilantes pidieron refuerzos y nos encontraron algo apartados del Camino del Infierno, perdidos en mitad de una vereda, diciendo un montón de loqueras como si estuviéramos borrachos.

Más tarde nos explicaron que esas loqueras que decíamos —de todo lo que veíamos o creíamos ver— se llamaban alucinaciones, y que las habíamos tenido por culpa del calentón del sol y por la mucha sed que habíamos aguantado.

Cuando salimos del hospital, antes de volver cada cual a su casa, Landi me preguntó al oído si yo creía que los piratas también habían sido una alucinación. Le respondí lo que había pensado durante los dos días que estuve en cama viendo caer las gotitas del suero: nosotros habíamos sido la alucinación de los piratas.

Durante todo ese tiempo que nos tuvieron en la habitación, tragando caldos y juguitos, no hice más que acordarme de lo que habíamos hecho desde nuestra llegada a Mona. Entonces se me había ocurrido que quizá en otra época, que era la época de los piratas, muchos muchos años atrás, esos hombres habían estado recorriendo la isla, buscando un par de buenos puercos para preparar su almuerzo, y en una de esas, mientras seguían el rastro de los animales, oyeron voces y se acercaron a la vereda.

Empezaba a caer el aguacero y aunque eran unos tipos duros, que asaltaban barcos y daban latigazos a los marineros, lo que descubrieron los llenó de miedo: eran cinco chamaquitos disfrazados de duendes o de quién sabe qué, con camisetas y mahones, una ropa que les pareció rarísima, y con mochilas a la espalda. Además, llevaban gorras con letreros extraños para los piratas, que no podían adivinar si eran de ejércitos o de reinos distantes. La gorra mía era de los Lakers.

Javier, que nos estaba oyendo, se rascó detrás de la oreja:

—Si nosotros fuimos esa alucinación que dices, ese susto para los piratas, tendríamos ahora que ser muy viejos... tendríamos que tener como trescientos años.

Landi dio un gran suspiro, no se desesperó como otras veces:

—Al revés, Javier, al revés. Si nosotros fuimos una alucinación para ellos, tendrían que seguir en Mona, estar allá ahora mismo, esperando que pase el peligro y se alejen los barcos españoles... Porque cuando los vimos estaban escondidos, velando que se fueran los barcos de guerra para poder escapar a su guarida, que es una isla que se llama Tortuga, ¿los viste o no los viste?

Javier bajó la cabeza:

—Claro que los vi. Esos locos nos apuntaron con las pistolas, ¿cómo se llaman las pistolas de los piratas?

Nos encogimos de hombros, pero planeamos averiguarlo en Internet tan pronto volviéramos a casa.

La buena noticia para Tolio, que lloró y lloró como un nene chiquito (sin miedo de perder el líquido, porque ya habíamos tomado más que suficiente), fue que Leodán nunca subió a esa yola. Queriendo darle una sorpresa a su mamá, viajó a

Santo Domingo sin decir nada a nadie, pues lo habían aceptado en la academia de las Grandes Ligas.

Días después, nos volvimos a reunir en la cancha y Tolio nos enseñó, por fin, una foto de Leodán con su flamante uniforme de aprendiz.

—Es el mejor pícher —se infló de orgullo—. Y no lo digo yo... Por esta, que lo veremos en el Yankee Stadium.

—Allí no —saltó como un resorte Nelson—. El Yankee Stadium se acabó. Lo están tumbando. Harán otro al Sureste.

Nos miramos sin saber qué hacer.

—Pues donde sea, loco, donde sea —dijo Tolio feliz, enseñándonos de nuevo a Leodán, que en la fotografía tenía la mano en alto, saludando a los que lo querían, o quién sabe si diciendo adiós, adiós, adiós al Yankee Stadium.